豊子愷児童文学全集　第7巻

中学生小品

豊子愷
Feng Zi-kai

日中翻訳学院
黒金 祥一［訳］

日本僑報社

推薦の言葉

中国児童文学界を代表する豊子愷先生の児童文学全集がこの度、日本で出版されることは誠に喜ばしいことだと思います。溢れでる博愛は子供たちの感性を豊かに育て、やがては平和につながっていくことでしょう。

二〇一五年盛夏

エッセイスト、絵本作家
海老名香葉子

まえがき

王泉根①

「大人が子供向けに書く文学」という特性を持つ児童文学は、その創作方法と伝え方によって二世代間での精神的な対話と文化普及の期待値が決まる。したがって児童文学の発生や発展の根本は、大人が子供に接する態度と児童観をいかに理解するかということにある。国内外の児童文学の発展で明らかなように、児童文学がある時期、もしくはある地域において驚くほどの発展をみせるのは、その時期、もしくはその地域において子供を心から愛し、子供のために喜んで物事をなし、そして子供のために何かをしてあげられる人たちがいたことと深く関係している。

二十世紀前半の中国社会において、豊子愷はまさにそのような人であった。豊子愷（一八九八―一九七五）は、画家、芸術教育家、翻訳家、散文作家という様々な肩書を持つと同時に、大変な子供好きで、多くの児童漫画を描いた漫画家であり、児童を題材にした児童文学を数多く残した作家でもあった。大の子供好きであった豊子愷の子供に対する愛は崇拝といえるほどで、「天上の神と星、この世の芸術と子供、この四つのことで私の心は占められている」と語った。また、子供のことを「天と地の間でもっとも健全な心を持ち、徹底して偽りなく純潔」な人と考え、自分の子供が子供のままでいて、ずっと童

---

① 王泉根　著名な児童文学研究者。一九四九年生まれ。北京師範大学教授。中国児童文学研究中心主任、アジア児童文学学会副会長。中国児童文学博士課程初の指導教官。国家社会科学基金評議審査専門家。著書に『現代中国児童文学主潮』『王泉根論児童文学』等、編著に『百年百部中国児童文学経典書系』『中国児童文学60周年典蔵』がある。

心の世界の楽しさと真実の中にいてほしいとまで願っていた。このため大変な失意の中で『送阿宝出黄金時代（黄金時代から阿宝を送り出す）』という散文を書いた。彼は自身の子供たちの成長を喜びながらも、子供たちが童心に別れを告げることに心を痛めていたのだった。

これこそが豊子愷なのだ。無垢な童心で描くのは、おのずと「青春はその眼差しと熱い童心にある」という言葉のように、元気いっぱいの子供の世界である。豊子愷の描く児童漫画は、まさしく現代中国の児童漫画の逸品である。描かれる子供の様子やその性格、情緒、無邪気さ、愉快さは、見る人を絵の中の子供になって、子供時代に戻りたくなるような気持ちにさせる。彼の児童文学——童話、物語、散文などは、そのすべてが子供の世界を描いた素晴らしい作品である。

文学創作の貴さは「誠」にある。とりわけ児童文学は、誠意と真心があってこそ、描かれる人物のイメージが感動を与え、心に残り、影響を与える。童心のかけらもなく、子供への愛情もなく、子供のためにすべてを捧げる精神も持たず、陳伯吹氏の述べる「子供の視点から出発し、子供の耳で聞き、子供の目で見、特に子供の心で体験することに長けている」というような子供の立場と視点がなければ、本当に子供が好む作品は書けない。たとえ一時は良いと言われたとしても、後世に伝えられることは難しい。豊子愷の児童文学作品が、彼の児童漫画と同様、半世紀を経た今でも依然として子供から大人まで幅広く読まれているのは、子供に対する誠意と真心と愛情があるからなのだ。

作家の創作動機と実際に受け取る側の子供の角度から考察すると、豊子愷の児童文学作品は「子供本位」と「子供本位でない」作品に大きく二分される。「子供本位」の作品は、主に童話、音楽物語、美術物語などで、明らかに子供のために書かれたものであり、作品の内容もすべて子供の目線である。「子供本位でない」作品は、主に自身の「ツバメのヒナのように可愛い子供たち」を対象として書かれた散文であり、これらの作品は優しくて温厚な父親のこの上ない慈愛が随所にあふれているほか、子供の世界を通して現実社会の悟りや感嘆、感慨、その背後にある複雑な人生哲学を表現している。しかし、「子供本位」であるかないかにかかわらず、いずれの作品も子供から受け入れられ、好かれる理由は、上述のように、豊子愷の子供たちに対する真の思いであり、その真の思いが児童文学の真価を作り上げたのである。

豊子愷の児童文学作品は内容に富み、ジャンルも多岐にわたっている。これまでに、違うスタイルで単行本を出版したことはあるが、全作品がそろった『豊子愷児童文学全集』の出版は初めてである。この度、中国外文局海豚出版社にご尽力いただき、豊子愷の童話、児童散文、児童物語を七冊にまとめて出版していただいた。これは新世紀の児童文学と子供向けの出版にとって本当に喜ばしいことである。

この『豊子愷児童文学全集』が中国の子供たちから好かれ、子供たちの心と体の成長に連れ添うと同時に、海豚出版社の海外ルートを通じて、世界の子供たちにも歓迎されることを信じている。童心に国境はなく、愛は無限であり、優秀な児童文学作品は時も国をも越えるだろう。

二〇一一年四月十二日　北京師範大学文学院にて

もくじ

貧しいシーソーの子

受け取った手紙に差出人の名はなく、封筒には「上海フランス租界より」とだけ書いてあった。

「ちかごろ雑誌『自由談』で、ほとんど毎日あなたの挿絵を見ます。（中略）数日前、たまたま貧しい子どもたちがあそんでいるのを見かけました。そのあそび方は、あなたの絵の材料になるんじゃないでしょうか。しかもあなたの作風にぴったりです。ぜひとも協力したいので、どうぞお納めください。ご健康をお祈りします。あなたを敬愛する読者より。七月十一日」

裏にも注意書きがあった。

「子どものあそび方――まず長いすを地面におく。さらにもう一台の長いすを交差させる。二人の子どもが上の長いすの両端にすわり、シーソーみたいに上がったり下がったりする」

この手紙の目的はなんだろう。純粋に絵に興味があってよこしたのか。こんなすさんだ世の中で、なかなかないことではある。

私は目を閉じ、この匿名の差出人が見た場面を思い浮かべてみると、たしかに私の好きな画材だ。すぐに一枚描いてみた。二人の貧しい子はちょっとした工夫で、そのへんにあるものを使って、そんなおもしろいあそびを作り出したわけだ。貧民窟という環境で、これはとても楽しい遊具ではないか。

貧しい子どものシーソー

二人の貧しい子どもが長いすの端にそれぞれ乗って、かわりばんこに上下するとき、満面の笑みを浮かべるのを想像した。彼らはまだ幼児で、世の中ではいろいろなところに運動場があり、子どものためのすばらしい遊具がおいてあるなんて夢にも思わず、こんな粗末なあそびで十分満足しているのだ。このあそびが粗末であることと、二人の子の貧困は、われわれ他人が感じるのみで、彼ら自身は知らない。

だからこそ私は世の子どもたちの苦しみを思う。この社会で、貧しい大人はもちろん苦しいけれど、貧しい子どもはもっと苦しいのだ！　貧しい大人はその苦しみがわかるので、まぬがれる方法を考えられる。貧しい子どもの苦しみは、自分でそれと知らず、ただぼんやりよろこびをもとめるだけでは、あまりにむごいではないか！

となりのご飯の香りをかいで、自分の家の冷たいかまどに乗り出し、米のご飯が食べたいと母親に泣きつく子ども。

となりの子が肉入りちまきを食べるのを見て、自分の手にした固いソラマメを放り出し、「ほしい!」とわめく。

父が仕事から帰ってきて、子どもは父の布団をかかえてさけぶ。「父ちゃんがいいもの買ってくれた!」古い綿を布団に使い、子どもは新しいわらでできた人形を抱きしめる。

物乞いする女に背負われた子どもが、母の髪のむすんだところでゴムまりみたいにあそぶ。ほどこしもしないやつが怒鳴り、笑っている。——われわれがこんな苦境を見て同情するとき、一番悲しいのは大人のではなく、子どもの苦しみだ。大人は自分でも苦しいとわかっており、同情者も半分負担すればよい。子どもは自分の苦しみを知らないから、すべてを同情者が感じることになる。

冷たいかまどに乗り出して母に米を求めた子は、ご飯はなべの中にいつもあるものと思い、父は米を栽培しているが、税として納めてしまって、自分で食べる分はないのだとはまったく知らない。

固いソラマメを放り出して肉入りちまきをほしがる子は、肉入りちまきは固いソラマメよりおいしいとだけ知っている。人が食べているものは、自分だって食べたい。母の稼ぎでは米さえろくに買えないとはまったく知らない。

父の布団をかかえて「父ちゃんがいいもの買ってくれた」とさけんだ子は、父が仕事帰りにおみやげをくれたと知るだけで、社会が彼ら家族を、まもなく枯葉のように切り捨てるとはまったく知らない。綿の代わりにわらでできた人形を抱いた子は、その夜ベッドが新しくなったと感じるだけで、その変化の悲しい原因と苦しい結果にはまったく気付かない。

物乞いする女に背負われた子も、自然に楽しくあそぶだけで、自分の命が社会に受け入れられない物乞いの身の上にあって、人に排斥されているとはまったく知らない。

こんな苦しみを知らない貧しい子どもたちを見ると、ほんとに気の毒になる。これは初めて産着以外を着た子が棺桶の中の母の死に装束をひっぱり、「おっぱいちょうだい」とよぶのを見て、死者のために泣くより、生者のために泣く方が多いのと同じだ。

八指頭陀という昔の僧侶が、子どもの詩に詠んでいる。「罵声は笑いを消すのみで、怒りは生まない」

このところ貧しい人は、たいてい罪もなくののしられ、なぐられる。大人はののしられなぐられる苦しみを知っていて、うめいたりさけんだり、もがいたりあらがうことができる。子どもはまったく知らず、ただ笑いを消すだけで、決して怒らない。これこそ世の中で、最も悲惨な状態ではないか。

右のような現状とくらべて、この名なしの手紙で見た貧しい子たちのあそびは、やはり幸福だろう。

彼らは学校へはいけないけれど、母親と石炭くずをひろわなくていいし、祖父と肥料のための犬のフンをあつめなくてもよく、あそぶひまもあるのだ。運動場で子どものためのちゃんとしたシーソーは楽しめないけど、幸い二台の長いすが、簡単に遊具へとかわる。

きっと時間がたてば、すぐに祖父や母が二台の長いすを米にかえ、二人の子は石炭くずや犬のフンをひろわされるだろう。そのときになって、この名前のない差出人は、私の絵を見つけ、二人の貧しい子の黄金時代の夢を見るはずだ。

一九三四年七月十四日

提灯見物

今夜船を泊めることになる街では、提灯行列があるという。へさきは岸までまだ遠いのに、もう太鼓のにぎやかな音が聞こえ、あちこちから船室へと流れてきた。船頭の夫婦は午後からずっと、船尾でくどくどと昨夜なくした白いズボンのことでいいあっている。祭りの太鼓の音は二人のいら立ちをよろこびに変え、それから急に張り切って船を岸へよせ、たのしそうに飾り提灯の「牡丹亭」や「白毛太獅」のはなしをしだす。

街の岸辺にはたくさんの客船が泊まっていて、われわれの船は入っていけず、端の方でしか泊められなかった。

船頭夫婦は私に夕食を作ってくれ、同時に提灯祭りのにぎわいのことをはなした。なかなか見られないものだとか、私のような絵を描く者は、絶対見るべきだとか。彼らは私がすばらしい絵を描けると保証した。最後にまた衣類をちゃんとしまっておくよういい聞かせる。昨夜と同じ目にあいたくないのだろう。

夜九時、私は船主に案内され、汗くさい人波をかきわけ、便所のななめ前のぼろ屋の門にいきついた。船主がいうには、ここが見物にいい場所なんだと。他の家の門には人がいっぱい立っていて、ここだけわりとすいている。

このぼろ屋の門はぴったり閉まっており、提灯見物にでてくる人はおらず、こんなときには大金を積んでも買えない場所で、私のような通りすがりの者にはぴったりだ。

顔をあげると、ひさしの下にぼろぼろの額がかかっており、「土谷祠《トゥーゴーツー》（魯迅『阿Q正伝』の阿Qが住んでいた）」の三字があって、阿Qはいないのか、あるいは祭りに参加していて閉まっているのかな、なんて思った。

門の前にはもうにぎやかに十人ほどが立っていたものの、まだ混んではおらず、私と船主がいるのにちょうどいい。近くに水のたまったくぼ地があって、深さはわからなかった。船主がそばでレンガをひろい、それをくぼ地において、足場を二つ作ってくれた。彼はもともと裸足で、ハスの花のように両足を水の中に入れ、胸を張って提灯を待つ。

こうして一時間くらい待っていると、太鼓の音がだんだん近づいてきた。道の両端にはたくさんの人の頭がきょろきょろと、太鼓の音を探しまわり、私一人だけがきちんと立って動かなかった。人が見れば、落ち着いていてさわがない、深い素養を持った私をほめたたえるだろう。

ともかく私は足の下のレンガがありがたかった。ほんとはもっと早く感謝すべきなのだ。なぜならこのとき、土谷祠の前にくる人はどんどん増え、かなり混んできたのに、ずっと私に近づく者はいなかったからだ。まるで梁山泊の剛の者に守られているようで、水にかこまれ、軍人だってどかせられない。

にぎやかな太鼓の音が鳴り響いている。飾り提灯はまだこない。私の両足は一尺半（約四十五センチ）

つづけてずっと小便する人をながめたあと、飾り提灯がやってきた。

開いており、ちょっとしびれてきた。目に映るのは仏像みたいな人の頭ばかりで、少しあきてきた。

見えるのはななめ前の便所へ絶えず小便しにくる人だけで、変化に富み、いろんな姿で、しばらく飾り提灯の代わりに鑑賞していた。そんな経験があるのは私くらいのものだろう。生まれて初めて、これだけとぎれなく小便する人の姿をじっくり観察した。小便って、こうもいろんな姿勢でするものなのか。

絵にしようと、ポケットのスケッチ帳を探ったところ、見つからない。一時間前に人ごみを通ったとき、ポケットから落ちてしまったか、財布とまちがえてすられたのだろう。私のいうスケッチ帳とは、じつは銅貨六枚で買った小さな帳面にすぎず、厚紙のところに自分で鉛筆入れを作り、半分になった国産品の6Bの鉛筆を挿していた。ただ、すでに描いた、船主が足を洗う絵が失われたのは、まったく残念だ。そのとき目の前で小便する人をスケッチできなかったのも、やはり残念だ。

つづけてずっと小便する人をながめたあと、飾り提灯がやってきた。私はじっと見つめ、たくさんながめ、待った分をとりかえそうとした。けれどお寺へ向かう駕籠のように、一瞬で前を通りすぎ、ちゃんとは見られなかった。ただ私も、水の上の足場に一時間以上立ちつづけたせいで、異常につかれ、こまかく見る元気などない。無数のピンポン玉みたいな電球が目の前を絶えず通ったというだけで、みんなすぎてしまうと、私は船主の手をかりて、水の上をとび、汗臭い人の波をかきわけ、また船着き場へ帰った。

船室にすわり、船主はすぐ私に、いくつ絵が描けるかたずねた。目を閉じて思い出すと、便所で小便する人の姿のみが、頭の中で明確に浮かんだ。それなら描ける。

一九三四年五月十九日

蜜蜂

原稿を書いているとき、耳のそばで「ブーン」と音がして、それから「ダンダン」と鳴った。筆が乗ってきたものだから、文面を見つめるばかりで、顔をあげて何の音か探るひまもなかった。けれど「ブーン」「ダンダン」はずっと鳴りつづけ、ちっともとぎれない。数分がすぎ、その音はもう鼓膜をしびれさせ、原稿を書く音か、自然の音みたいに思え、探る気にもならなくなった。

文章が一段落して、万年筆を置き、いつものように缶の中のタバコへ手をのばしたとき、やっと顔をあげて、この「ブーン」「ダンダン」の正体に気づいた。なんと蜜蜂が、机のそばのガラス窓から出ようとして、ぶつかってはさわいでいる。

自分の仕事にばかりかまけて、出してやろうともせず、こんなに長いこと四苦八苦させたとは、ちょっとすまなく思った。けれど今になっても、私もどうすれば出してやれるかわからず、しばらくタバコに火をつけ、考えてみなければ。

タバコを吸いながら、私はさわぎを見ていた。蜜蜂が一度ぶつかるには、ガラスから一、二寸のところを飛び、そして突撃して、小さな頭を「ダン、ダン」と二回ぶつけ、そのあとガラスにそって「ブーン」と羽を鳴らす。抜けられる穴を探すかのようだ。穴を探すのではなく、ガラスの上をすべって、くるくると踊っているだけかもしれない。一度踊ってから、たぶん蜜蜂は通れないと知り、またガラスから一、二寸のところを飛んで、態勢を整え、ガラスのべつのところへぶつかっていく。こうして「ブーン」「ダンダン」は今までずっとつづいた。

このようすを見て、すごくかわいそうになってきた。生きるのは大変で、小さな蜜蜂にしたって、生存のためにたくさんの障害にぶつからねばならない。私はガラスを呪い、はっきりと外の花壇の蜜いっぱいの花や、空を自由に飛ぶ仲間を見せておきながら、完璧に邪魔をして、永遠に望みだけを持たせておくのだ。なんとあくどい！　ペテン師のように、窓の外の広い天地やかがやく春の景色は、蜜蜂を誘惑する。飛んでくれれば、見えない力ではばみ、ずっと閉じ込めるか、ぶつかって死なせるかもしれない。

呪いのガラスのせいで、私はまた物質文明がまだ起こらなかった幼年時代の暮しが、なつかしくなった。私の祖母は蚕を飼っていた。蚕の赤ちゃんが死ぬたびに、窓に紙を貼って風を防ぐ。燕に入ってきてもらうため、わざわざ紙の窓にお椀くらいの穴をあけ、門を作ってやると、燕は出入りのとき翼をちょっとたたみ、この穴を通った。そんな情景が、今の私にはひどく恋しい。

もし机のそばの窓を昔の紙の窓にかえられたら、蜜蜂をいつでも逃がせたのに。二回もぶつかれば、容易にやぶれ、なんの苦痛もない。昔の生活はもっと簡単で、人間社会だけでなく、虫の社会でもそうだった。

私はタバコを吸うと、蜜蜂を逃がす方法を考え始めた。けれどなかなかむずかしい。ここではなく扉から出してやりたくても、私の言葉は通じない。むりに手でつかまえて出してやろうにも、傷つけようとしていると誤解して、反撃されるかもしれず、手がはれて仕事ができなくなるだろう。

窓を開けるしかないのだけれど、この窓は開けにくく、外にたくさんの重たいものが積みかさねてあって、まずそれをどかさないとどうにもならない。一人ではとてもどかせられないのだ。

というわけで同室の人に手伝ってもらって、みんなで外の重いものをうごかせば、窓を開け、蜜蜂を逃がしてやれる。けれど同室の人たちはみんないやがっていうのだ。「仕事でつかれているんだよ、蜜蜂のために働く力がどこにのこっている」私は自分だってつかれていて、重いものをはこぶ力はなく、蜜蜂救出には問題ありだと気づいた。

いきなり扉から人が入ってきて、私に話しかけた。避けようもなく、私はすぐに彼といっしょに出かけ、蜜蜂のことはわすれてしまった。帰ったころには、もう蜜蜂はいなくなっていた。どこへいったのだろう、たすけられたのか、それとも死んだのか。

一九三五年三月七日　杭州にて

春を惜しむ

少し前に私は、枝垂れ柳を鑑賞した。今は枝はゆらゆらと垂れ、柳の綿もすでに飛び始め、春の景色は尽きかけている。惜春の話をしよう。

「惜春」という題はなんて風流なんだろう！　昔の人の詩にはこんな題が数え切れないほどある。今の人だってそこに詩を見出す。緑肥え紅は痩せ、柳と花はともに昏く、ほととぎすは血を吐いて鳴き、流れる水に紅ひるがえり、再び旅へと向かい、目には涙、心傷つき、断腸、別れの悲しみ、酒に病む……春を惜しむということは主観と客観の両方にきれいな言葉があって、すでに先人によって言い尽くされ、私はそれ以上語ることがない。今どうしてこの題で文章を書くのだろう。

ただ折よく、五月号の雑誌で上辺だけこの題を使うことになった。小学校の教科書みたいなものだ。秋に始まって、まずは授業で月やこおろぎ、モクセイ、くだもの、稲刈り、双十節（中華民国の建国記念日）の話をする。そのあとの授業で綿の入った服、暖炉、もち作り、雪、そして新年について話す。春の始業後、まずは菜の花、桃の花、おたまじゃくし、種痘、孫文の命日、それから蝿を殺し、蚊をつぶし、瓜を食って、涼み、暑い日の健康についての授業。そういう小学生は一年だけの生き物みたいなもので、秋には春を知らず、春には秋を知らず、だからこそ目の前の状況を話してやらねばならない。私の読者は小学生ではないから、目の前のことを話さなくともよい。

ただ随筆は私の筆にしたがい、私の筆は私の心にしたがう。私は筆をにぎってこの雑誌にこの随筆を書くけれど、いくらか前に柳の芽吹きをほめる文章を書いたばかりで、今柳はもうゆらゆらと枝を垂らし、綿も飛び始め、時のすぎる速さには本当におどろかされる。

この一カ月あまりのあいだに、私はなにをしただろう。そんな思いがこの随筆を書く真意なのだ。題は「時を惜しむ」でもいい。けれど今という時期は春で、「春を惜しむ」でかまわないのだ。

去年の春、私はこの雑誌で、春は気温が一定でなく、天気も定まらずに、具合がよくないと書いたことがある。だから春がすぎても惜しいと思わなかった。

ただ惜しいのは去った時間がもどらず、引き止められないことのみだ。汽車に乗るように、自分はしずかにすわり、一歩もうごかないのに、車両はあなたを乗せて走っていく。知らないあいだに、時間はあなたのゆく先を縮める。

私は以前金をつかうまいと決意し、一日中部屋にいて、一銭もつかわなかった。力をつかうまいと決意し、一日中ベッドにいて、まったくつかれなかった。電気をつかうまいと決意し、夜に明かりをつけず、一度も電力を消費しなかった。時間をつかうまいと決意し、ベッドのすみにかくれてうごかなかった。ところが壁の時計はちくたく鳴って、時間をむだにしただけだった。それで思ったのだ、「虎にまたがった人はおりにくい」というように、退きも留まりもせず、ただ時間を惜しむ努力をして、積極的に前へむかい、寿命が尽きるまで奮闘しなければ。

生活での悩みや不幸は、人に時間を惜しくもないいやなものだと思わせ、早くすぎてと望ませる。けれどそれは例外だ。人生はいつも楽しみを希望する。楽しい時間はずっとつづいてと望むものだ。

学生時代を思い出すと、一番楽しかったときは休暇ではないか。土曜日曜や祝日はちょっと楽しく、春休みや正月休み、夏休みはすごく楽しい。これも世の中の矛盾点だ。普通はお金を出せば、たくさんのものがほしくなる。勉強だけは、学費を出して少ない授業を望む。休みの前夜の学生たちの狂喜を見よ、まるで一番よいのは学費を出して授業がまったくないことのようだ。これを見ても勉強は普通の売買とはちがうとわかる。

あるいは、このことはスティーヴンソンの『自殺クラブ』に出てくる青年の行為に似ている。四十ポンドの会費を払って自殺クラブの会員になりながら、カードを引くときに自分の死が回ってこないことを渇望する。

月曜の朝にベッドで横たわる学生の情けない顔や、夏休み最後の日のしょぼくれ具合を見よ、学校へおもむくのが死へおもむくのと同じくらい怖いみたいではないか。それで困るのは自分なのに。

私は子どものころ、夏休みの数日前の雰囲気が大好きで、有期刑の囚人が釈放されるような感じだった。たくさんの希望を抱き、忙しい中ひまを見つけて休みの計画を立て、読みたい本を整理した。五、六十日の休みを想像し、時間はとても長いようで、無数の楽しいことがあり、無数の本が読め、いくらでも弟とあそべ、いくらでもとなりの家の友達とあそべると感じた。学期中によくわからなかった教科も、長い休みのあいだに完全に習得しようと望んだ。普段読みたくても読めなかった本を休み前にわざわざ買い、長い休みのうちに読み切ってしまおう。それから教科書に出てくるいろんな科学のおもちゃを、学校では時間と道具がなくて試せなかったから、ぜひ作ってみて、ノートに書き込み、長い休みのあいだに完成させ、弟と楽しくあそぼう。五、六十日の休みのあいだ、私の望みはゴムでむすんだ袋のようで、いくらでもつめ込んだ。

休みになった日、私はこのゴムでむすんだ形のない大きな袋を背負い、よろこんで帰宅した。

半年見なかった家は、なんだか新鮮で、しばらくこの袋はおいておく。最初の何日かは旅で疲れていて、当然ずっと休んだ。そして長いこと会わなかった叔母がやってきて、母は熱くもてなし、休んでいる私はもちろん何日か話し相手になった。それから叔母が私をまねいてくれ、母がいうには私は毎年外で勉強し、なかなか帰ってこれないのだから、親戚はちゃんと訪ねるべきだと、四、五日か六、七日はいくことになった。帰ってからまた何日かごろごろする。そのあと、暑すぎて軽い熱中症になり、竹のベッドで数日寝てすごした。治ってもまたしばらく休んだ。町では芝居があり、当然何日も見にいく。そこで小学校時代の同級生たちに会い、久しぶりで、何日も引き止められた。彼らを送ると、一年見なかった二番目の姉やその夫、甥っ子たちが迎えてくれ、ごちそうと酒を出され、みんなで半月か二十日は楽しくすごした。姉が家に帰るとき私もついていって、家でお客として四、五日か六、七日すごした。家ではもちろん休息する。

数えてみると、夏休みが終わるまでもう十何日しかない。こうなったら、その十何日も適当にだらけてしまえ。学校が始まる前日、私は旅支度をととのえ、休みの前に書いた計画表、読むつもりだった本、作るはずだったおもちゃの設計図、帰ったときにほったらかしたかばん、机のそばの二台の長いすなどに、厚いほこりが積もっているのを見た。

つまずいた悩みとあそびすぎた悲しみが心に入り混じって、なんともいえない不快が感じられた。次の日、不快なまま家から学校へ向かい、新しく囚人のような学校生活を始めた。

またやってくる休みの数日前、私はやはりよろこんで、ふたたびゴムで大きな袋をむすび、やりたいことをたくさんつめ込んで、それを背負い、楽しく帰宅するのだ。思うに最初は経験がなくて、うまく処理できないためにつまずいてしまった。今度はちゃんとやれるだろう。客は適当にあしらうか、会わなくともよい。よばれるのも少なめに、あるいはいかない。芝居も見ない。病気もしない。そうすればきっとたくさん本が読め、いろんなことができる。けれども家に帰ると、どういうわけかまた同じことになって、こっちで何日、あっちで何日、また始業まで十数日のみとなってしまう。そしてふたたび、つまずいた悩みとあそびすぎた悲しみが入り混じったなんともいえない不快をもって旅支度、家から学校へ向かう。

こんな経験を数度くりかえし、私はやっと先のことなどどうにもできないと悟り、勝手な計算をしなくなる。若者は未熟で、しばしば美しい未来に対して大きな計算違いをする。彼らは休みの五、六十日の時間は長いと思い、薄い本を数冊読んだくらいで、なにを知っているのか。日々の自分はすばやく通りすぎ、本のページは自動ではめくれない。

ゴムでむすんだ袋は無限につめ込めるようでも、結局はかたむすびで、じつは大した容量ではないのだ。

私は何度か計算違いの失敗を味わったあと、やっとすべてのことは、現在の努力にかかっているのだだと知った。今仕事を一時間やれば、一時間の利益があり、二時間の仕事で、二時間の利益がある。未来予想を気にするよりは、今の時間に身を入れる方がいい。

それから休みがあっても、私はもうやることを決めない。働くときは働き、あそぶときはあそぶ、という西洋のことわざの通り、私は夏休みにはあそぶことを準備した。するとかえって何冊も本が読めた。始業時にふりかえると、臨時収入があったみたいに、とても愉快になれた。

若者たちは在校時に成果は必要なく、卒業後か仕事についてから補習するつもりでいればよい。彼らはこの皮算用のあと、在校時にはなにも成し遂げなくてよいのだ。彼らは思う。卒業後の年月は長く、なんにもとらわれず、あらためて補修することになる。今はあきらめておこう。ただし私の見るところ、彼らの予期はだいたい私の休みの計画と同じ運命をたどり、いつも実践はできない。彼らは思いがけず卒業後いそがしくなり、私が休みに帰宅してからいろいろ応対するのと同じなのだ。職業、生計、恋愛、結婚、子ども……卒業後にいろんなことがさしせまり、学校でできなかった勉強などするひまがない。社会に出た大人たちの学識は、おそらく十人中九人は青年時代に学校で習った分しかもっていない。卒業後に自分で学識を増やした人は、十人中一人にすぎないだろう。学生時代に得た知識は、人生において教養の基礎となるのだ。その後の見聞でも知識は増やせるが、枝葉にすぎず、人生の素養は学生時代に得たものが基本となる。

私自身は青年時代にちゃんと教育を受けげず、大人になってから知識がたりずに苦しんだ。幾何学の問題は解けず、物理化学の公式はわからず、専門科学の本はまったく読めない。しょっちゅう補修する気になっても、今まで実践できなかった。

昔の人はいう。「四十になってもこうなら、百まで生きても知れている」私は四十まで二年しかなく、おそらく一生が、幾何学の問題は解けず、物理化学の公式はわからず、専門科学の本は読めない日々なのだ!

人生にもし来世があって、次も人間で、この文章をおぼえていられるなら、私はきっといい青年時代を送れ、たくさんの学識を得て、人生のしっかりした基礎を築いただろう。私は現世でもう青年期をすぎ、とりもどすのはむりで、せいぜい惜春の題を借り、ここでひどく惜しむ気になった。

この話が青年期の読者にとって少しははげましになれば、以前休みのあいだに読み終えた数冊の小説のように、意外な収入を得たみたいな、格別のよろこびになる。

一九三五年四月八日『中学生』掲載

粗食するなら

私が粗食をするようになってもう七年、何も変わりはなく、話したいこともない。大醒法師から手紙がきて、「粗食以降」という文の依頼があったので、書くことにする。

世の中に粗食をする人は二通りあって、まずは積極的な人、次に受け身な人がいる。私の粗食は積極派だ。亡父から受け継いだ習慣だからというのが理由で、子どものころちょっとハムを食べたことがある以外は、普段から肉の味を知らず、食べても吐いてしまう。

三十になる前は、仏教徒の生活にあこがれ、一切肉や魚を食べず、酒も飲まなかった。私の禁酒は肉魚を食べないのとはちがっている。当時私は毎日酒を二回飲み、量は紹興酒一斤（500ミリリットル）以上だった。急に飲まなくなったのは、暮しの中で興味がうせたからで、異様なことだとは思う。ただしかなりの意思が必要だったので、禁酒後はべつの興味、すなわち戒律に興味を持った。

まだ酒を飲んでいたころ、昼間から二回飲めば、夜はすぐ満足して寝てしまった。禁酒後は、昼に二回戒めれば、夜も満足して眠れた。性質はちがっても、興味という点では同じだ。けれどもまもなく私の禁酒は肉魚を食べないのと同じく、普通のことになった。

私にとっては「できたての酒は泡立ち、火鉢の炭は紅く燃える。今夜は雪になるだろう。さあ一杯飲もうじゃないか」といった詩が急にどうでもよくなったのだ。ただし他の種類の詩には他の興味をちゃんと感じた。これはどういうことか。一言ではいいにくく、だいたいは「花も酒もなく清らか」といった田舎の僧侶のような、ひっそりとした興味だろう。

受け身の粗食というのは、三通りあると思う。第一に職業僧の粗食。職業僧という名詞は私が勝手に作り、葬式でお経を読んで二角八分（あるいはもっと多いか少ないか、決まってない）もうける専門の僧侶のことだ。こういう僧侶には、貧しくて流浪の身になり、生活できなくて坊主になった者や、小さいころ貧乏な親に三元（あるいはもっと多いか少ないか、決まっていない）で売られて、一歳から僧になった者もいる。みんな自分から出家したのではないので、その粗食も受け身だ。普段から寺で大っぴらに酒も肉魚も飲み食いし、葬式で呼ばれたら、むりに粗食する。たくさんの風習があり、最後の食事では、葬式の家でも僧に肉魚を食べさせる。

第二に、特殊な時期の粗食で、例えば父母が死んで、子どもが初七日まで、親孝行なら四十九日まで精進料理を食べる。また例えば近ごろ浙東で日照りが続き、雨乞いのために家畜を殺すのをやめ、そのあいだみんな粗食に耐える。本当に孝行の気持ちで肉魚を拒否する人や、真面目な心をもって戒律を守る人でも、多くは受け身なのだ。

第三に、貧しくて粗食をする人。貧しいと米を買うのも大変で、米こそが重要なのに、おかずをどうしろと？　おかずがあるのなら、本当におかずだけなのだ。今、農村ではそういう人が多く、町に出て、銅貨三枚で紅腐乳（豆腐に紅麹をつけて、塩水の中で発酵させた食品）を買って帰り、なんとか家族のごちそうとなる。どうして肉や魚を食べたがるだろう。貧しさに強制された粗食なのだ。

世の中には積極的な粗食は少なく、受け身の粗食は多い。けれど受け身の原動力はだいたい災害や貧困だ。世の中では粗食は苦しいと思われているから、自分から粗食する人は異端で、どうかしており、なんとも軽率で、不合理だと見られる。

バーナード・ショーは粗食で、彼の伝記を書いたホリーズによると、作品の中で女性描写に失敗しているのは肉を食べなかったからだとか。われわれのようなバーナード・ショーでもない人が粗食をしても、よくいろんな反対や皮肉を受ける。

程度の低い反対者は、ずっと粗食をするのは迷信的な老婆のようで、消極的で時代遅れな行為だと思っている。わりと高度な反対者は二通りにわかれ、実利的な者と、理論的な者がいる。前者は、粗食は栄養が不足し、外に出るのに不便だと感じる。後者は、一滴の水にも無数の微生物がいて、粗食をする人は自分をあざむいていると考える。または動物がものを食べるのは自然淘汰のためであり、全世界の人が肉を食べなくなれば、鳥や獣があふれて害になるのだとか。殺生をしないといって虫もつぶさないのは、とくに科学の時代の功利主義者には反対される。

低級な反対者や、実利的な反対者には、私は好意に感謝し、粗食と私の関係を説明したい。ただ浅はかな功利主義者の攻撃的反対には、弁解する気にもならない。社会に出たばかりの若者に「なぜ肉を食べないの」「なぜ虫を殺さないの」とごちゃごちゃ責められたとき、私も「きらいだから食べない」「駆除業者じゃないから殺さない」とだけ答える。

功利主義者というのは、世の中のすべてを商売だと思っている。私の粗食は商売にならないから反対されるのだ。粗食の意義を彼らにはいわず、実際私は誰にも粗食をすすめない。私の『護生画集』の中の絵は、粗食するようになってからの思いを表現しただけで、あなたが見て、心をうごかすかはもくろんでいない。

私は人に粗食をすすめないけれど、わが国で粗食する人は近ごろだんだん増えているようだ。天災や人災に見舞われ、町の金持ちは干ばつのために家畜を殺すのをやめて粗食し、農村の貧しい人は肉を買えずに粗食する。以前の美食家も今は野菜や豆腐しか食べられない。過去に「肉なしで米は食えない」といった人も今はほとんど「米も肉も食えない」。

町でも田舎でも粗食が流行で、わが道が孤独でないとしても、これは私の望みではない！

一九三四年観音菩薩の誕生日（旧暦二月十九日）

絵を学んだころ

もし私の伝記か訃報を書くために、子ども時代のことをたずねられたら、見事にこたえられる。

「七歳で塾に入ってすぐ絵がうまくなった。授業のあいまにいつも昔の人の絵をまね、人を描いてあそんだ。塾の上級生たちは競って作品をほしがり、けんかでうばいあうことさえあった。師匠がそれを聞き、信じずに、描いてみろと命じた。『おまえが本当に描けるのなら、孔子の像を描いてみよ！　できなければ、罰をあたえる』私は墨をすって紙をひろげ、筆をふるって、すばらしい出来栄えだ。師匠はしかるのもわすれ、ため息をついた。『おまえに教えることはない！』その絵を掛け軸にまでしてかざり、塾生に毎日拝ませた。親類や友達がみんな絵をほしがり、どれも非常によく描けていた。……」

百年後の人がこの文を読めば、すぐ賛嘆するだろう。「七歳でそんな作品を描いたとは、すごい天才、神童だな！」

友達から手紙がきて、子どものころの絵の勉強の思い出を書いたら、といわれた。それで右のようなことを書いてみた。だいたいは事実だが、詳しくはなく、説明したほうがいいだろう。

私が七、八歳のころ――七歳か八歳か、今ははっきりおぼえていない。ただ満年齢ではなかっただろう。たぶん数え年だ。――私塾に入って、まず『三字経』を読み、それから『千家詩』を読んだ。『千家詩』

はどのページにも端に木版画があり、確か最初の絵は象と人で、田を耕しており、のちにそれが二十四孝の中の大舜耕田図だと知った。けれど当時はその絵がどういう意味かまるでわからず、ただその次の『雲淡く風軽く午天に近し』よりはおもしろいとだけ感じた。

わが家は染め物屋をひらいており、職人に顔料をわけてもらい、小皿にとかして、筆で白黒の絵に色をぬり、赤い象、青い人、紫の地面を出現させ、得意になっていた。けれどその本の紙は質のいい外国製ではなく、うすい中国の紙で、顔料をぬると、下の何ページにもにじんだ。私の筆はよく顔料を吸い、かなり深くにじむ。きれいにぬれてからページをめくると、下の七、八ページに赤い象、青い人、紫の地面がでてきて、三色の重ね刷りのようだ。

次の日の授業で、父――私の先生――はののしり、手のひらをぶとうとした。母か上の姉になだめられ、ぶたれずにすんだ。私はめそめそ泣き、顔料の小皿をはしごの下にかくす。

夜、アヘン窟へいった先生――私の父――を待つあいだ、またはしごの下の顔料の小皿をとりだし、紅英《ホンイン》――私の下女――に店で薄紙をぬすんでこさせ、はしごの下の机にランプをおいて、色つきの絵を描いた。赤い人に、青い犬、紫の家……この絵を最初に鑑賞したのは紅英だ。それから母や姉たちも見て、「じょうず」といってくれた。けれどぶたれるのがこわくて、父には見せなかった。これを「七歳で塾に入ってすぐ絵がうまくなった」と書いたのだ。染め物屋ってほんとに便利！

それから父が本を干しているあいだに人物の画集を見つけ、めくってみるととてもきれいで、こっそり持っていき、自分の引き出しの中にかくした。

夜、またはしごの下の机でこっそりと紅英に見せた。今度はもう本に色はぬりたくない。それよりまねて描いてみたかったのだけど、うまくいかない。さいわい紅英がいいやり方を思いつき、習字につかう帳面をやぶり、うつして描いた。確か最初にうつしたのは柳宗元だった。あのときは初めてで、筆に墨汁をつけすぎ、紙はうすすぎたから、描けはしたけれど、本に墨汁がにじみ、ぐちゃぐちゃになって、上の姉にしかられた。

この本は今でも持っていて、最近古い本を干していたらページがめくれ、ぐちゃぐちゃの柳宗元があらわれた。長衣《ながぎぬ》を着て、両腕を高く左右にのばし、上を向くおかしなすがた。ただ全身にほどこされた墨の点は、あの日につけたものだ。思い出すとあの日最初にこの絵をうつした理由は、たぶん彼の両腕をあげたようすがおかしくて、父があくびをするところにそっくりだったから、とくにおもしろかったのだ。

それから私の絵をうつす技術はだんだんうまくなった。十二歳くらいのとき（父はすでに世を去り、私はべつの私塾で学んでいた）、すでにこの人物画集をすべてうつしてしまった。つかったのは真っ白な連史紙（竹が原料の手すき紙）で、しかもみんな色をつけた。やっぱり染め物屋の顔料だけど、もうもとの色はつかっていない。自分で中間色を作りだし、複雑華麗な色彩をあらわし、同じ塾の生徒はみんな気に入っていうのだ。「もとの絵よりずっときれい！」その上みんな私に絵を描いてといい、台所に貼ってかまどの神さまにした。それかベッドの前に貼って、新年のかざりにつかった。だから私は「授業のあいまにいつも昔の人の絵をまね、あそびとして人を描いた。塾の上級生たちは競って作品をほしがった」といったのは本当なのだ。でも実際はこんなところ。

塾生たちがけんかで絵をうばいあうようになって、先生が孔子の絵を描いてみろといい、塾の中にかざって、毎日拝ませた、というのだって間違いなく事実で、書いた通りなのだ。

あのころわれわれが塾で落書きをしたのは、今の社会のアヘンと同じで、公開するのははずかしい。私はまるでアヘンの売人で、同級生たちをアヘン中毒にして、引きずり込んだかのようだ。

先生が席についているあいだ、われわれは絵の道具と絵をかくし、みんなふらふらと「幼学」の本を読んだ。午後になると、いつも太った男が先生をお茶にさそい、私たちはすぐ絵であそびだした。私がまずうつし描き、それから色をぬる。

同級生たちは医者に診察を受けるように、順番でほしい絵を注文した。絵をもらった者は報酬を払ったけれど、それは原稿料とか揮毫料ではなく、おもちゃの代金だった。鈴虫の入った箱、菱の実とコマをまわすひも。「雲」の字の入った順治銅銭一枚（順治銅銭にはうらに一文字あって、字は二十種類見られる。大人に聞いた話では、一そろえあつめ、ひもで剣のかたちにしばってベッドにかけておくと、夜に幽霊がこられないんだとか。ただその中で「雲」の字が一番手に入りにくく、多くは一字足らずで剣にならない。だからこの銅銭は当時、われわれのあいだで一番貴重なおくりものだった）、それから銅の管（あのころ軍の船が新調され、いらなくなった大砲の弾の外側部分）一本。

あるとき、二人の同級生が絵を交換しようとして、意見がぶつかり、けんかになって先生に知られた。先生の尋問で、けんかの理由が絵だとわかった。どういう絵か追及され、私のだと判明し、しかられることになる。ぶたれると思ってがっかりし、手のひらが熱くなった。

とうとう先生がやってきた。私はすでにおびえていたけれど、彼は私の席のそばにきて、手をひっぱりもせず、「この絵はおまえが描いたのか」とたずねた。私は一言「はい」とこたえ、ぶたれる準備をした。彼は私をどかせ、引き出しを開けて捜査した。絵の手本、顔料、それからまだ色をぬってない絵がみんな見つかった。没収だろうなと思ったけれど、そうはならず、彼は絵の手本だけ持って、自分のいすにすわり、一枚一枚鑑賞した。

しばらくして、先生は顔をあげて「読め！」とどなり、みんなで「混沌初開、乾坤始奠……」と朗読し、このことについては中断した。こっそり先生を見ると、彼は絵の手本をめくっていき、最後まで見てしまった。放課後、かばんをかかえて彼におじぎすると、前とちがう口調で彼はいった。「本は明日かえす」

次の日の朝、塾へいくと、彼はその本の中の孔子像をめくっていう。「この絵を大きく描くことはできるか」私は先生に描けるかと問われるとは思っておらず、ちょっと身にあまる光栄という気がして、「できます」とついいってしまった。ほんとはうつせるだけで、大きくはできなかったのだ。この「できます」は先生におどされてでてきた。いってから心がしめつけられ、大きな石をおなかに飲み込んだ気分になる。

先生はつづけた。「紙を買ってきたから、大きく描いてみなさい、色もぬるんだぞ」私は「はい」とこたえるしかない。同級生たちは先生が私に絵を描かせようとするのを見て、あやしみうらやむ顔をこちらにむけた。私の方は不安なまま放課後まですごした。

かばんと先生にわたされた紙をかかえて家に帰り、すぐに上の姉に相談した。姉は、方眼紙を絵の本のページにかさねろと教えた。絵の本の紙はうすく、孔子像をたてよこの線がとらえる。姉はまた裁縫用のものさしと粉線袋（しるしをつける道具）で、先生にわたされた紙に大きなマス目を書いていき、次に鏡箱の中から眉を描くための柳の枝をとりだして、ちょっとこがし、マス目をつかって拡大する画法を教えてくれた。そのころわが家には鉛筆も三角定規も、メートル法の定規もなく、今姉に教わった画法を思い出しても、そのかしこさと実用性に感心する。

私は彼女の指導にしたがって、柳の枝で孔子像を下書きしていった。本とそっくり同じで、私自身の体くらいに大きくなった。私は夢中になって、筆で線を描く。そして大きなたらいに顔料をとかし、色をぬると、鮮明華麗で偉大な孔子像が紙の上にあらわれた。

店員や仕事場の職人がこの孔子像を見て、みんないった。「すばらしい！」それから女中たちが、熱烈に「かしこい」とか「きれい」とかほめてくれ、「将来坊ちゃんに肖像画を描いてもらって、死んでから霊前にかざれば、とっても名誉になりますね」とまでいう。

私は店員や職人、女中に賞賛され、小さな画家の気分だった。けれど女中に肖像画をたのまれると、心の中でちょっとあわてた。私はそっくりそのまま描いただけなんだぞ！　マス目をつかって拡大し、本の小さな絵を「大作」に仕上げたのだ。色でかざって、本の線描を私の絵に変えただけなのだ。マス目で拡大するのを姉に教わり、顔料を染め物職人にわけてもらいながら、自分の絵だというのはやはり気が引ける。今女中に肖像画をたのまれ、「描けない」ではメンツがつぶれる。「描ける」といって将来約束が果たせるものか。

とりあえず保留にして、まずは先生に絵をわたしにいく。先生は見てうなずいた。次の日、絵は塾名の額の下の壁に貼ってあった。生徒たちは毎朝塾へくると、かばんを持ったままそれをおがみ、夜帰るときも、またそれをおがむ。私も同じだ。

私の「大作」が塾の教室の前で発表されてから、同級生たちは私に「画家」とあだ名をつけた。毎日先生をたずねてくるあの太った男が、先生に「いいね」といった。このとき初めて学校がたのしくなり、先生は急にわれわれの私塾の改革を始めた。

彼はオルガンを買ってきて、自分でまず何日か練習し、そしてわれわれに「男児は小さくとも志気高し」という歌を教えた。それから友達にたのんで体操を教えさせた。われわれはみんなよろこんだ。

ある日、先生は私をよびよせ、一冊の本と大きな黄色い布を取り出し、優しくいった。「この黄色い布に龍を描いてくれ」そして本をめくってつづける。「こんなような龍をな」どうやら体操のときにつかう旗にするらしい。私はこの命令を受け、また姉に相談するしかない。ふたたびあのやり方で龍を拡大し、線を描いて、色をぬる。ただし今回は染め物屋の顔料ではなく、先生が買ってきた鉛粉やにかわ、赤・黄・

青などの顔料をつかった。にかわを煮てとかし、鉛粉をくわえ、それぞれ不透明な顔料を調整して、黄色い布にぬり、西洋中世のフレスコ画の技法と似ている。

龍の旗ができると、竹ざおに高くかかげ、生徒を引きつれて町を通り、野外で体操した。そのあとしまっておいた龍の旗をぬすまれてしまい、私の伝記には残念ながら、こう書かねばならない。「画龍点睛ののちに、おそらくその龍は雲の上へと昇ってしまったのだ」

私の「画家」というあだ名はそのあとさらに定着し、女中の肖像画の催促ももっと激しくなった。

私はまたも上の姉に相談する。二番目の姉の夫が肖像画を描けるので、彼からコツをぬすんでこい、とのこと。それで二番目の姉の夫の家にいくと、確かにいろいろ特別な絵の道具があった。ガラスの九宮格（井の字形のマス目が入っており、習字などにつかう）、擦筆（紙や革などを巻くなどして、筆状にした道具）、コンテ、メートル法の定規、三角定規。私は二番目の姉の夫に描き方を教わり、道具を借り、それから写真を見せてもらって、絵の見本にした。あのころ故郷には写真屋がなく、わが家には四寸半の写真を拡大するガラスのマス目がなかった。

家に帰ると、私は毎日放課後、擦筆で写真の絵に没頭した。これはもともと女中のおねがいを聞くためなのだ。けれど彼女は写真を持っていない。ガラスのマス目を彼女の顔にのせるわけにもいかず、どうしても肖像画を描けない。

世の中にはうまい解決法があるものだ。上の姉が私の借りてきた見本の中から老婦人の写真をとりだしていう。「この人のあごをとがらせたら、あの女中にそっくりじゃない」その通りやってみると、確かに八、九割よく似た肖像画になり、あとは擦筆できれいに淡い色をぬった。桃色の肌に、青緑の上着、花模様の帯に、金色の耳輪を加えた。女中は耳輪を見て大よろこびで、そっくりではないけど、似ているといってくれた。

それ以降、親戚で人が死ぬと私が使いにだされた――肖像画を描けと。生きている親戚も写真を持ってきて拡大させ、家でかざった。そのうち霊前にうつされるのだろう。私は十七歳で外の学校へいき、冬休みや夏休みに帰ってくると、いつもこんな義務を負うのだ。

十九歳になって、先生に木炭画を習い、美術書を読んで、やっとこの画法をやめた。

今でも、故郷のおじいさんやおばあさんのところでは、擦筆の肖像画家の名誉はまだ健在だ。けれど彼らのほとんどは私の近ごろの絵を認めず、またたのもうとはしない。一昨年、一人の老婦人が死んだばかりの夫の写真を持って私の上海の住まいにやってきて、泣いて肖像画をたのんだ。私はずっと腕がなまっていて、とっくに道具をなくし、その上時間も興味もなかった。ただ彼女に説明できず、写真を霞飛路《シアフェイルー》の写真屋で引き伸ばしてもらい、郵送した。その後はだれもたのまない。

もし早くに木炭画を習い、美術書の指導を受けていれば、絵の勉強でこういうでこぼこな小道をいくことはなかった。ああ、おかしくてはずかしい記憶を、ここに書いて、世の中の絵を学ぶ人の手本にしてもらおう。

一九三四年二月

自分の絵を語る

去年の秋、林語堂先生から手紙がきて、『漫画を語る』という原稿をたのまれた。私は承諾しながら、書けないでいる。なぜ引き受けたのだろう。

私は昔から漫画を描いてきたもので、十年ほど前に「子愷漫画」という画集を、開明書店から出版した。最近はまたつづけて「漫画」を各雑誌や新聞で発表し、いくらかの読者の目を引いた。それから数名の出版人が、「子愷漫画」の四字を広告に連続で出してくれ、私の名が一種の絵の形容詞みたいになった。ときには私が二つのべつの形容詞にはさまり、「色彩子愷新年漫画」(開明書店の今年の『中学生』一月号の広告)なんてことに。

このように、私と「漫画」の関係はとても深いらしい。最近、私は各雑誌に原稿を催促され、どんな話だろうと、この関係の深い「漫画」だけは語らず、理由もなく、望みもしないのに、きっと書くと彼に承諾してしまったのだ。

どうしてまだ書かないのか。私には「漫画」という言葉の定義が、じつははっきりしないからだ。風刺画かというと、そうでもない。スケッチかというと、それもちがう。白黒の絵かというと、色があったって「漫画」とよべないわけじゃない。小さめの絵かというと、小さいからって必ずしも「漫画」ではない。

……もともと私の絵を漫画とよぶのは、自分からではなく、十年前初めてそのような絵を描いたとき、『文学周報』の編集部の友達が、「漫画」として発表しようといってきたのだ。それから私の絵は「漫画」とよばれ出し、画集を出版するときはこの名にしたがい、「子愷漫画」と命名された。これはまるで私の先生（以前、浙江第一師範で国文の教師をされていた単不廠先生《タンブーチャン》、すでに亡くなられた）が、私の本名「仁」というのを、「子愷」と名付けてくださり、今もずっと名乗っているのと同じだ。ひょっとしたら友達が私の絵を「漫画」とよぶ根拠になり、私も受け入れているのかもしれない。

でもいったいなぜ私の絵が「漫画」なのだろう。「漫画」でかまわないのか？　自分では確かめたことがない。自分の絵の性質も知らずに、どうして一般の漫画を論じられよう。だから私は原稿を書くと承諾してから、もう胸がいっぱいで、書けなかったのだ。

最近また林語堂先生から手紙がきて、前の約束を果たせ、自分の絵について語ればよい、とのこと。まるで学期末試験のときに先生が学生の苦しみをいたわって、出題範囲をせばめてくれたようだ。こうなっては出さないわけにはいかず、目をわずらいながらこの原稿を書いている。

日常でおもしろかったことを「漫画」に描く――いいかえれば、日常で見る驚きや喜び、悲しみや笑いのすがたを、字を書く筆でさらさらと絵にする――みんなに見えるように印刷してもらう、というのが私の十年ほどの歴史で、習慣みたいなものだ。中国人は「人に知られることを求めず」というのを尊び、西洋人にも「what's in your heart let no one know（心の中になにがあるか、だれにも知らせない）」という言葉がある。私は逆に、わざわざ絵を人に見せるが、出した作品をこまかく思い出したことがない。

たまたま人が自分の画集を見ていたり、新聞や雑誌で自分の挿絵を目にしているところに出くわすと、店の窓に自分のすがたがうつっていたかのように、すぐ通りすぎて、ちゃんと見たくはない。これはどんな心理だろう。自分を知るのはむずかしい。むりにおちついて自己を観察することは、おそらくよく知っていて、親しみがあるため、表面上はかえって遠くなってしまうのだ。中国人は友達や知り合いに会うとあいさつして、お互い親愛の情をあらわす。ただ自分の妻を見ても、顔をこわばらせて声もかけず、よそよそしい態度をとる。私が自分の絵をこまかく思い出すのがきらいなのは、こういうおかしな心理なのだろうか。

けれど今この題で書かねばならず、こまかく思い出さないわけにはいかない。私は以前出版した『子愷漫画』や『子愷画集』などの本をあつめて最初から見ていき、また近ごろ雑誌や新聞に描いた絵を順にしらべ、自分の絵の性質を見極めて、文の材料にしたかった。結果にはがっかりだ。全然絵のことはかんがえず、ただこの一度の調査で、自分の過去十年の生活や気持ちがまざまざと思い出され、心になんともいえない感慨をおぼえ、絵のことなどすっかり忘れていた。

よって私は自分の絵を語れない。きっと語ろうとすると、ただ自分の生活や気持ちを話すのみで、絵の話にならないだろう。

十年ほど前、私は上海に住んでいた。何度か引っ越したけれど、いつも一階が店舗で二階が住宅といった「横町の家」で、せいぜいが道をまたぐ建物だった。今思い出しても、上海とはほんとにおかしなところだ。ごたごたして見えても、住んでみるとてものんびりしており、家庭というせまい場所と乱雑な環境とははっきりはなれていて、気楽に独立している。

田舎に住むと、隣人はみんなよく知っていて、親戚よりもっと親切だったりで、昼間は戸がいつも開いており、しょっちゅう人が出入りして、何かあるとすべて伝わり、風習や習慣がみんな同じなのだ。上海は全然ちがう。隣人と知り合うことはなく、戸は一日中かたく閉じ、よそで人が死んでもまるで関係ない。

それで田舎はのんびりして見え、じつはとてもごたごたしている。逆に、上海はごたごたして見え、じつはとてものんびりなのだ。前の戸を閉め、後ろの戸を閉じれば、自由で独立した生活空間となる。ここでは自分でえらんだ習慣によって暮せる。寧波《ニンポー》の人は寧波風の生活を送り、広東《カントン》の人は広東風の生活を送る。われわれは浙江石門湾《シーメンワン》の人で、上海に住んでも石門湾の方言を話し、石門湾風の料理を食べ、石門湾風の生活を送る。ただ石門湾とは数百里はなれている。今思い出すと、ほんとにおかしな生活だ！

外へ出るほか、家ではこの石門湾風の生活空間しか見なかった。ときには外へ散髪に出かけ（『子愷画集』六十四ページ）、ときには道をまたぐ建物で、かけてあるかごから、ちまきを二つ買い（『子愷漫画』七十ページ）、ときには物干し台から屋根のあいだにうかぶ凧をながめ（『子愷漫画』六十三ページ）、上海にもう春がきたことを知る。けれどわれわれのこの生活空間では、春になど気づかない。ほとんど毎日が同じで、今日と昨日の区別もない。

ときにはずっと来客もなく、妻は毎日の仕事として、夕方ごろ瞻瞻《ジャンジャン》をだっこして、阿宝《アーバオ》と手をつなぎ、横町の入り口で私の帰りを待っている（『子愷漫画』六十九ページ）。二歳の瞻瞻は母の腕の中で、「パパはまだこない！　パパはまだこない！」と歌っている。六歳の阿宝は母の服をひっぱり、下でいっしょに歌う。瞻瞻はがやがやと道をゆく人たちの中から、本や食べものを手に帰ってきた私を見つけ、急に喜びおどり出し、母の腕から落ちそうになる。阿宝もいっしょに下でおどり、母の服をほとんどやぶりそうだ。母は笑って彼らをしかる。

このとき私は、二人に分裂した気分になる。一人は彼らの父か夫で、しばしの別れのあと家族と再会するうれしさを体験している。もう一人は、遠くに立っており、この別れと出会いの舞台を観察し、喜びと悲しみの世界を見つめていた。

家族はこうして私を、世間からはなれた生活空間へ、喜んで受け入れてくれる。ここは子どもたちの天下なのだ。この天下を支配するには三つの役柄があり、瞻瞻と阿宝のほか、もう一人四歳の軟軟《ルアンルアン》がいて、まるでローマの三頭政治だ。

日本には亭主関白とか、かかあ天下というのがあって、私も当時いい方をまね、われわれの家庭を瞻瞻天下とよんでいた。なぜなら瞻瞻が三人の中で最も強く、ローマ三頭政治の先頭にいたから。私など、名義上は父でも、実際は彼らの家来だった。ただ私は自分を彼らの政治舞台の見物人と見なした。美しい子ども時代を喪失し、盛んな青年時代も終え、暗い中年時代の私は、この率直な子どもたちの生活の中で自分の過去の幸福を夢に見て、失った童心を探し求めているのだ。彼らの無邪気な生活にあこがれ、彼らの世界の広がりをうらやんでいる。子どもたちはみんな勇敢な心を持っており、大人はそれにくらべると、だれもが不誠実で卑怯だと感じる。世間にはいろいろ偉大な事業があり、それを成し遂げるのは、そんな不誠実で卑怯な大人たちではなく、子どものような勇敢な心を持った人なのだ。

私は自分の画集をめくり、当時の情景をありありと思い出した。例えば、彼らは母といっしょに故郷の親戚の家の結婚式へいき、上海の家に帰ってからも結婚ごっこをした。子どもたちは瞻瞻を花婿にする。親戚の家の花婿に、かつて私は中折れ帽を貸したことがある。瞻瞻という二歳の花婿にも中折れ帽を貸してやった。子どもたちは軟軟を花嫁にする。親戚の花嫁は紅い布で顔をかくし、子どもたちも母の赤いふろしきで軟軟の顔をかくした。中折れ帽はまるでハエが豆のさやをかぶっているみたいで、赤いふろしきは猿回しのようだけど、二人は大まじめで、顔はこわばり、大またでゆっくり歩き、親戚の結婚式とほぼ同じだった。宝姉《バオ》さんが「わたしが仲人よ」といって、小さな夫婦をひっぱって頭のさげ方を教え、それからいすの下にもぐりこませた（『子愷画集』三十七ページ）。

わが家にはいいいすがなく、足は折れていなくとも、うるしがはげていた。それらは私たちが座ることは少なく、子どもたちのあそび道具になる時間の方が多い。子どもたちのこういう道具の使い方は本当にさまざまだ。お酒を飲むときは食卓になり、小屋をたてるときは壁になり、お客になるときは船になり、電車になるときは駅になった。子どもたちの体はいすよりそう高くはなく、はこぶのはかなり大変だろう。ときには汗びっしょりになり、ときにはいすの下敷きになった。けれど子どもたちは生活のため必死にがんばる労働者のように、決してあきらめない。汗いっぱいの顔を泥だらけの手でぬぐい、いすの下敷きになれば泣いて抜け出し、涙とともに作業する。彼らは本当の「楽しい労働者」といえる（『子愷画集』三十四ページ）。

泣くことは、子どもにとって特殊な効用がある。大人たちはよく「泣いてどうなる」なんていう。それこそ彼らの世界がせまくなる原因なのだ。子どもたちの広い世界では、泣くことは思いもよらない効力がある。例えばころんだとき、思い切り泣きさえすれば、鎮痛剤よりよく効き、痛みを完全に忘れ、またあそびの世界に夢中になれる。また例えば泥人形がこわれても、わっと泣きさえすれば、すぐ忘れ去り、べつのおもちゃに熱中する（『子愷漫画』十六ページ）。またラッカセイが足りなくなっても、ちょっと泣けば、もう食べ飽きたように、思い切りほかのことができる（『子愷漫画』六十六ページ）。

とにかく、彼らはなんであろうとまじめに集中し、心と体のすべての力を出し切るのだ。泣くときは全力で泣き、笑うときは全力で笑い、すべてのあそびを全力でやる。一つのことをやり出すと、それ以外はすっかり忘れてしまう。一度筆を持てば、注意力をすべて紙の上にそそぎこむ（『子愷漫画』六十八ページ）。紙をおく机に水がこぼれてもかまわず、そでに墨汁がとんでもかまわず、服の端に火鉢の火が燃え移ってもかまわない。

仲間たちがおもしろいあそびを始めれば、冬の朝だろうとベッドからぬけ出し、寝巻のままか、着替えの途中で参加する（『子愷漫画』九十ページ）。風呂に入っていてもすぐとび出し、びしょびしょのはだかで参加する。入ってこられた方もこの自由な参加者をあやしみはせず、みんな全神経をあそびのおもしろさに集中して、「忘我」の境地に達しており、実際の生活や世の中の習慣などにかまっているひまはない。大人の世界では、実際の生活や世の中の習慣に制約を受けるため、つまらぬ苦しみに悩まされる。子どもたちの世界にそんな制約はなく、広々として自由だ。歳が小さいほど、見ている世界は広い。わが家の三頭政治の中で瞻瞻の勢力が最大なのは、彼が一番小さく、その世界が最も広くて自由だからだ。

彼は空の月を見て、父母にとってくれとまじめにもとめる（『児童没画』）。死んでしまった小鳥を見て、生き返らせてと本気でさけぶ（『子愷画集』二十八ページ）。二本のうちわが自転車に変形できると思っている（『子愷画集』十七ページ）。藤いすを黄色い車に変えようとする（『子愷画集』十八ページ）。中折れ帽をかぶればすぐ花婿に変身できる。父の服を着ればすぐ父に変身できる（『子愷漫画』九十五ページ）。

彼の熱い欲望により、家のものはみんな床に放り出され、もてあそばれる。すべての行商人が一日中わが家の戸口にやってきて、いつでも買って食わせてもらえる。家の屋根はすっかりとりはらい、いつでも月やタカや飛行機が見えるようにすべきだ。ベッドに土を持ち込み、草花をうえて、チョウやカエルを飼い、目覚めると外にいるみたいにするべきだ（『子愷画集』二十ページ）。彼の情熱を見ると、こんなねがいは決して夢想でもわがままでもなく、人はそれができるはずと思えてくる。彼はすべての欲求が叶うとかんがえている。だから目的に達しなかったとき、怒って泣くのだ。ナポレオンの辞書には不可能の文字がなく、わが家の瞻瞻の辞書にも「できない」なんて言葉はない。

私はそんな子どもたちの無邪気な生活にあこがれ、その世界の広さがうらやましい。わざわざ未熟な子どもたちの空想の中に、でたらめなユートピアを求めるのは、現実逃避だと私を笑う人もいるだろう。けれど私だって彼らが現実に屈服し、人間の本性を忘れているのがおかしい。もし人類が子どもの空想や欲望を持っていなければ、世の中にはきっと建築・交通・医療・機械といった自然に反する設備は生み出せず、おそらく今でも洞窟で暮していたと思う。それで私の心は当時、子どもに占拠されていた。いつも子どもの生活の中で喜びを得ていた。喜びをかみしめ、描写するのが、あのころの生活習慣だった。

喜びを人生の大事な問題に関する本として読み、喜びを人生の大事な問題に関する話として語るのが、私の習性なのだ。私は小さいころから科学を喜ばず、文芸を喜んだ。私が読んだ科学の本や、語ってきた科学のほとんどは、ささいな問題で、人生の根源からは遠い。

ただ私が読んだ文芸書は、例えば最も一般的な『唐詩三百首』『白香詞譜』など、人生の根源に触れる味わい深い字句が、いたるところに含まれている。

例えば『想い得たり故園今夜の月、幾人か相憶うて江楼に在り』という詩には、故郷をなつかしむ人の思いや、川岸の楼上で自分を思い出してくれる人のことが、心に浮かんできて、おのずと別れの悲しみが思い起こされる。

また「光流れ容易に人を抛り、桜桃を紅くし、芭蕉を緑にす」という詞には、過去のたくさんの春花秋月を思い出し、わけもなく憂いを感じてしまう。

世の中の大人はみんな生活のささいなことに迷い、人生の大事なことを忘れているのではないか。子どもたちだけが純真でいられて、自分の目でものを見、言動で私を喜ばせてくれる。

清末の僧・八指頭陀は詩にいう。「吾童子の身を愛し、蓮花は塵に染まらず。之を罵ればただ笑いを解き、打てど亦怒り生ぜず。境に対し心常に定まり、逢う人自ずから新たに語る。慨くべし年すでに長じ、物欲天真を蔽う」私は当時この詩を小刀でキセルにきざんでいた。

四、五年前になくすまで、このキセルをずっと持ち歩いていたのだ。それから私はもうどこにもこの詩をきざんでいない。

四、五年来、私の家は国と同じく多難だった。母が長くわずらってから、亡くなった。自分も病気が長いとはいえ、まだ死んではいない。この四、五年のあいだ、私の心にはなにも占めておらず、精神生活がまるで一冊の本の中の数ページの空白のようだ。今はもう、白いページをめくるのに飽き、文の後半を読んでいこうと思う。くわしく自分の心を探ると、たくさんの乱雑なものがかくれたりあらわれたりで、一つのことがしっかり占拠するわけではない。この数ページの空白は開かれた大きな「天窓」で、文の後半はやはり前半とつながっているけれど、とてもむずかしい。

昔のわが子は、もういつのまにか少年少女に変わり、大人になろうとしている。彼らはもう昔のように私の心を占拠しない。自分の子を児童生活における賛美の対象に、もはやするわけにいかず、彼らは天真爛漫な子どもから、まじめでおとなしい少年少女に変わっていき、目の前で人生の黄金時代の終りをしめし、私ももうウドンゲの花に似た児童世界を賛美する気はない。

昔の人が詩に詠んでいる。「去日の児童みな長大し、昔年の親友半ば凋落す」この二句はたしかに中年の心の虚しさと寂しさをあらわしている。

一昨日、自分の画集をめくっているとき、陳宝《チェンバオ》（阿宝、仲人だった宝姉さん）、寧馨《ニンシン》（花嫁だった軟軟）、華瞻《ホアジャン》（花婿だった瞻瞻）が冬休みに学校から帰ってきて、私のそばでいっしょに見ていた。「花婿瞻瞻、花嫁軟軟、宝姉さんは仲人」という絵を見て、みんな不自然なようすだった。寧馨と華瞻ははずかしそうに笑い、宝姉さんももう二度と仲人はやらない、という顔だ。彼らはすでにべつの人間になったかのようで、もう昔の阿宝や軟軟、瞻瞻ではなかった。昔上海の小さな家庭で観察し、楽しく描いたあの天真爛漫な子どもは、もはやいない人なのだ！　彼らは今、家庭から遠い、学校の生徒となった。彼らの生活はみな校則にしたがい、社会に制限され、常識にしばられていた。彼らの世界はもう昔のように広く自由ではない。もう屋根をとりはらい、ベッドに草花を植える夢を見ない。もう「楽しい労働者」ではなく、点数のために働き、名誉のために働き、知識のために働き、生活のために働く。

私の心はとっくに占拠者を失っていた。この虚しさと寂しさをかかえ、十字路をさまよい、彼らが入っていった社会を観察し、この中の人はみんなあの天真爛漫な、広く自由な子どもの世界から入っていったのだと想像した。けれどここには「ラッカセイが足りない」人ではなく、パンが足りない人がたくさんいる。ここには「楽しい労働者」はおらず、眉間にしわをよせた車引きや、食べるものも着るものもない農民、重荷をかついだ白髪交じりの男、白いひげの物乞いする人がいるのみだ。

子どもの世界で聞こえる大きな泣き声はなく、か細いうめき、こらえた嗚咽、妙な冷笑、憤慨した沈黙があるばかりだ。子どもの世界に見られる不撓不屈の勇敢な心はなく、従順、卑屈、落胆、悲哀、欺瞞、険悪、卑怯な状態で満ちている。

私はこういうのを見て、昔本や食べ物を持って帰り、横町の入口で妻が瞻瞻や阿宝らをつれて待っているのを見たときのように、すぐ自分を二人に分裂させた。一人はこの社会の一つの分子で、現実生活のつらさを体験している。もう一人は遠くに立ち、こんな状態を観察して、驚きや喜び、悲しみや笑いという世の中のすがたを見ていた。けれどこのようすは昔とちがう。昔の子どもの生活は私の心を「占拠」できて、私を彼らに帰順させられた。今の世の中はいつも、私のこの虚しく寂しい心を「襲撃」するだけで、占拠できず、帰順させられない。私の生活という本は、今でもまだ空白のページがつづいているため、後半がどうなるかわからない。ずっと真っ白かもしれず、まだ知りようがない。

自分の絵を語る代わりに、十年の生活と気持ちの一面をここで語った。けれどこの文章の題は「自分の絵を語る」でかまわない。なぜなら、まず私の絵と生活はつながっており、絵を語るには生活を語らねばならず、生活を語るには絵を語ることになる。次に私の絵は八大山人（明末から清初にかけての画家）や七大山人（いない）の画法をまねておらず、立体派（キュビズム）や平面派（ない）の理論もよりどころとせず、ただ帳簿をつけるように、字を書く筆で普段おもしろく感じたことを記録したにすぎない。だから絵そのものについては、何も語ることはない。描いたときの因縁を語るだけで終わってしまうのだ。

一九三五年二月四日

二人の学生

夏休みのあいだに、知り合いの中学生が二人、それぞれたずねてきた。

甲の学生がきたとき、私が「始業はいつ？」と聞くと、彼は答えた。「あと一か月しかありません！」

乙の学生がきたとき、私は「始業はいつかね」と聞いた。彼は答える。「まだ一か月あります！」

この二つの言葉は二人の性格のちがいをあらわしている。二人の若い学生の性格は、二つの大きな類型の代表者だと思うので、見聞きしたところを書いてみよう。

甲の学生は今年十七歳なのに、落ち着いた青白い顔色に、地味で粗末な服装で、二十歳くらいとよく間違われる。

彼はめったに笑顔を見せない。みんなが声をそろえて笑うとき、彼はどうしても笑わない。人がおもしろい話を聞かせ、彼がおもしろがるか見てみると、彼はますます笑おうとしない。逆に宿舎や教室で、人がまじめに話したり、むずかしいことを解説するとき、その人たちの一字一句が、ときに彼を吹き出させ、みんなわけがわからなくなる。実際彼が笑うのは、ときには話す人の口ぐせで、他人が気づかないところが、彼一人にとっておもしろいのだ。ときには彼の頭の中の回想で笑い、それは目の前にあることではなく、他人にはまるで共感できない。

彼は人の集まりの中でつまらなくなると、黙して語らず、耳も口もなくしたかのようだ。人と会って質問され、答えてほしいとき、彼はほとんどしゃべらないばかりか、はいかいいえだけで、それさえめったに聞けないこともあり、うなずくか首を横に振る動きでやっと理解できるのだ。だから同級生はみんな彼を特殊な人と思っている。

ある者が人前でからかっても、彼には効果がない。ある者がみんなをあそびにつれ出して、彼一人部屋に残しても、だれもが当然とかんがえ、「どうして彼をのけものにするのか」などとはだれもいわない。

同級生がやむをえず彼と話すなら、口調と態度をかえ、うやうやしく接する。けれどとくに尊敬されてはおらず、ただ特殊な人と思われている。まるで中国人と、その中で暮す一人の外国人のようだ。中国人が中国語で自由に話していても、彼はちっとも聞き取れず、関心もない、みたいな。中国人が彼と話すには、外国語を使わねばならず、簡単なことをたずねて終る。彼は中国語をよくわからない外国人と同じだ。人にものをたずねるには、簡単な一語でしか聞けない。仕方なく人に声をかけるのは、とてもむずかしく、彼の発したことのない声と、ぎこちない口調で、だいたいみんなをだまらせ、注目をあび、大事件がおきたかのようになる。同時に彼の顔は赤くなり、とてもはずかしそうだ。

彼はみんなの前で話すのは苦手だけれど、奇妙なことに、わずかな友達や家族の前では雄弁なのだ！ただしこの雄弁家の出現は、土曜の夜、人のいない校庭でしか出現しない。あるいは校外の人のいないところを、わずかな友達と散歩するときで、この友達というのは、唯一無二の親友なのだ。けれどその人たちは彼のような性格ではない。その人たちは彼以外にもたくさん友達がいて、ときには大勢の中に入り、ただ彼らの性格にはたくさんの要素があるために、彼とでもつき合えるのだ。

彼らは彼を深く知り、ときどきみんなの前で、そっと小声で彼と話し、彼もそっと小声で答え、まるで親戚たちの前の新郎新婦だ。みんながはなれるのを待ち、彼は新婦が部屋に入ったように、新郎と親しく話すのだ。

彼には見識と決断、主張があって、しかも雄弁に世の中のすべてや相手の言動を批評する。彼が友達と静かな部屋で話し込むとき、もし壁に穴をあけ、こっそり彼の態度を見て声を聞けば、きっといぶかり、人違いかと思うだろう。

彼はすべての共同生活を嫌悪している。みんなとの食事ではとても窮屈そうで、絶食でもしているみたいに、最初に席をはなれる。

親睦会などは、彼にはどうしても向かず、必ず困らされる。すでに述べたように、彼は他人がおもしろいことが、すべておもしろくないのだ。ただ他人が笑っているそばでぶすっとしばらく座って、不機嫌そうに出ていく。

彼は制服がきらいだ。着ないでいいときは、できるかぎり着ない。着なければならないときは、不自然に着くずし、えりが折れていても、ボタンが取れていてもかまわず、まるでわざと制服のだめなところを目立たせ、着たくないいいわけをしているようだ。

とにかく彼は、個性が強くて人とそりが合わない孤独な人なのだ。彼は力のすべてを本にそそぐため、学業成績は甲ばかりだ。彼が私をたずねるとき、いつも父親とくる。私は父親と同級生から彼の性格を聞いた。

乙の学生は今年十九歳になる。けれどその笑いの絶えない顔、小さくたくましい体、きちんとした服装で、十五、六歳くらいに見られる。

彼は新しい制服のポケットに、きらりと光る筆箱を入れ、きれいな黒い革靴をはき、黒縁めがねを光らせ、一人で私をたずねてきた。彼が急にあらわれたとき、目がきれいで、私はひそかに「かっこいい少年だな！」とたたえた。

彼は私に会ってにこにこ話し、ずっと笑って、話し続けても、相手をいやな気分にさせない。私が話したくなったとき、彼はすばやく自分の話をひっこめ、たのしそうに私のいうことを聞き、途中でいつもさわやかに返事をする。

けれど私がタバコをすったり、茶を飲んだり、口がつかれて休みたくなったとき、彼の話がうまくおぎなってくれ、沈黙の寂しさを防ぐ。私がどんな話をしても、いい終る前に、彼の口はもう「そうですね！」という姿勢ができている。ときどき思わされる。「もし『今日太陽は西からのぼったな！』と話しても、彼は『そうですね！』と続けるんじゃないか」と。

ただこれも愛想のよさを極端にいったにすぎない。実際彼は、主体性がないわけでも、人の好みに迎合するわけでもない。彼の会得した話の技法というだけで、反対を表明したいときは、賛成から入っていき、間接的に反対意見を切り出し、聞くものの不同意を防ぐのだ。

彼が一、二度くるうちに、わが家の子どもたちとも仲良くなり、まるで昔からの知り合いのようだ。女中さえも親しく話し、いつもたのしげに茶を持ってきた。彼は学校でも、うちにきたときと同じようにふるまうのだろう。

彼の先生や同級生から聞いて、彼が全校一の交際家なのだと知った。彼には親友はいないけれど、同級生の中で彼の友達でない者はいない。同級生たちのあいだで、たのしいことはみんな彼が担当だ。学生個人になにか問題が起きると、彼が仲裁し、なぐさめ、手伝った。

彼はすべての同級生の興味、習慣、生活、そして校外での行動、家庭状況さえ知っていた。ほとんど学校内の探偵だ。同級生のほか、教師の家族の人数や、料理店の給仕が毎年どれくらい儲けるかさえ知っていた。だから彼の生活はとても忙しい。勉強時間はない。

実際、空き時間があっても、つまらない勉強はしない。彼はいつもうまく謙虚な言葉で、周りに対して学問を追求する意見を述べながら、かくれて勉強のくだらなさを指摘している。彼の話はこうだ。「世の中には二種類の本があって、一つは紙の本、一つは人。君らのようにかしこい人は、たくさんの紙の本を真剣に読むことができる。僕のようにバカなやつは、紙の本にがまんできなくて、一生、死ぬまで読む気にならないのさ。僕みたいなアホなまけものは、学校で人間の本しか読めない。先生の教えとか、仲間とのあそびとか、付き合いのある人みんな、僕の本ってわけ」

このような話は相手をよろこばせる上、自分も面目が立つ。こうして彼は、その求学政策を実行できるのだ。

夜の自習時間、彼は先生が見ているときのみ、必要な自習をやってしまう。例えば提出するものだけ、てきとうにすませるのだ。覚えなきゃならないことだけ、なんとか覚える。他はみんな、授業中に準備しておいた。

先生がいってしまうと、彼も自習室を出ていき、話し相手の同級生も引っぱって、閲覧室でしゃべった。話し相手はだんだん増える。ときにはみんな集まってくれ、閲覧室で彼は水を得た魚のように、たのしくて仕方ない。彼は閲覧室がとくに好きで、毎晩彼のための談話室になるだけでなく、新聞がおいてあって、一番関心のある国家の大事や社会的事件の記事が満載なのだ。彼らは自由に新聞をとりあげ、話のネタにする。外交問題なら、彼の議論は大使よりも雄弁だ。内政問題なら、彼の批評は要人すべてを圧倒する。民事問題なら、彼の審判は裁判官さながらだ。

先生がほうっておいてくれると、彼らは寝るまで話している。ときには消灯後に同志とこっそり寝室を抜け、先生に聞こえないところでしゃべっていた。

食事の時間、彼はたいてい最後に食堂を出た。すごく食べるのかと思うけど、それはちがう。よく食べるのではなく、ゆっくり食べるだけだ。ゆっくり用意して、多くの者が食べ終わるのを待ち、それからよく食べよくしゃべる同志を集め、おかずを足して、ゆったりしゃべって食べる。

けれど学校の食堂では、ずっとたのしめるわけじゃない。だから一番好きなのは休日のあみだくじだ。(紙にたくさん線を引き、線の下にいくつかばらばらの金額を書いて、その部分をかくす。みんなに線の上のところをえらんでもらう。線の下をひらき、書いてある金額で食べ物を買って、みんなで食べる)あるいは持ち寄った金でいろんなあめを買って学校でなめたり、もっと出して、みんなで飯屋へいき、たのしく食べて、思い切りしゃべった。

けれど彼がみんなとの食事でうれしいのは、食事代を集めることではなく、交際が目的なのは明らかだ。彼は普段食いしん坊ではなく、酒も飲まず、しかも飲酒に反対で、演説大会で「飲酒の害」という題の話をしたこともある。酒は人の頭脳をだめにするから、青年は飲まない方がよろしい、とのこと。次に健康にも悪い。中国の貧しさは、人民の体力が弱いからではなく、頭脳が不十分だからで、自分は国のことをひたすら思うのである、とさらにいう。会場の教師と友人はみんな拍手した。演説大会の優勝は彼だ。

彼はこんな交際手腕と栄誉のため、全校で上にも下にも好かれていた。ただ担任の教師だけがちょっと不満で、学業成績がひどすぎるから。これも仕方なく、彼はすることが多くて、勉強するひまがどこにあるだろう。六十点を保って、留年せずにすめば、十分なのだ。

とにかく彼は、人類社会でゴムまりのようにうまくころがっていく。寝る以外で、彼が孤独に生きることはほとんどない。「みんなでたのしむ」「自分のよいところを人と共有し、人のよいところを取り入れる」

こんな古い言葉が彼の座右の銘なのだ。

彼は私のところにこられるとき、必ずきてくれる。ときにはすぐ帰っても、彼のいう通り、わざわざきてくれたのだ。私は彼自身と父親、教師や同級生たちから彼の性格を知った。

今はもうすぐ始業の時期で、おそらく甲の学生はちょっと呆然として、乙の学生はたのしんでいることだろう。

一九三五年立秋

幼児の物語

「女の子が出てくるんでしょ――」

いつもタバコに火をつけ、籐いすで休んでいるとき、子どもたちはようすを見て、私のひざにまとわりつき、こんな言葉で私のお話を引き出す。

顧均正《クーチュンチョン》先生の『風のだんなと雨の奥さん』や、徐調孚《シュイティアオフー》先生訳の『ピノキオ』などはもう何度も話した。てきとうに改め、変化させ、たくさん似たような話をこしらえて、いつも彼らの要求にこたえてきた。今はもうほとんどの型式を語り切ってしまい、こしらえるのもむずかしくなった。

私は子どもたちに話すとき、『風のだんなと雨の奥さん』や『ピノキオ』みたいな童話や、『西遊記』の中の物語などは、七、八、九歳の子どもにはぴったりだといつも感じている。

ただ四、五歳の子どもにはちょっとむずかしく、話すにも聞くにもわりと大変だ。私は幼児の物語を書くのは、あまり得意ではない。ときには小さい子に理解できるかどうかはかまわず、大きめの子に合わせて物語を聞かせることがある。けれどいつもうまくいかない。興味が深まらないだけでなく、容易に誤解をまねくこともあり、例えば「国王」という名詞は、わが家の四歳の子にはまだちゃんと意味がわからなかった。その結果、彼は一度は「国王」を「トラ」や「ライオン」のような動物と見なし、それから「おばけ」や「妖怪」のような化け物にしてしまった。いきなり私に「国王は何本足?」とか「国王は飛べる?」と聞いてきたのだ。

けれどもこの言葉をさけてばかりいると、ずっと彼は理解できなくて、いいことではないだろう。物語を使って、彼らのわからない言葉を説明しよう、というのが私のかんがえだ。例えば「たくさんの人がいて、……その中の一人が……それからみんなが彼を『国王』とよぶようになった」みたいなお話をして、まず「国王」の意味を彼らに教えてから、正確に用いるのだ。私は早くからこのやり方で、効果があったと思っている。四、五歳の子に『ピノキオ』を理解させるため、彼のわからない言葉を取り出し、それを説明するための物語をつくって、まずそれを話してから、『ピノキオ』を聞かせたところ、かなりうまくいった。

研究者によると、児童期の物語への興味は、韻律時代、想像時代、英雄時代、伝説時代の四期にわけられるという。

わが家の四歳の子はまだ韻律時代か、せいぜい想像時代の初期だろう。この時期の物語は、歌のような形式か、あるいは規則的なくりかえしのある性質を持っている。内容としては、想像時代の妖精、神や死人の魂、怪物などはまだ出てこず、主要人物は幼児がよく知っている女の子、父親、母親、おもちゃ、人形、小さな動物、植物、虫、鳥、猫、犬、ニワトリ、ブタ、羊、牛、花、果物などでなくてはならない。英雄時代に出てくるような題材は、当然彼らにはわかりにくく、興味も少ない。

私は韻律時代や想像時代の幼児の物語についての本を探し、題材にしようと思った。最近、日本の本屋で長尾豊著『幼稚園物語』という本を見つけた。ここには数十の幼児の物語があって、また簡単なそれについての研究がのっていた。子どもたちと私はとても喜んだものだ。こういう本が世の中でもっと増えてほしい。

この本の内容は完璧に豊富というわけではなく、だいたいは西洋の本を参考にしており、またのっている物語も、多くはわが国ですでに翻訳されている。けれど幼児の物語についての分類や分析のはっきりした理論は、とても参考になった。今、彼の分類の通りに、ここからすべてならべてみよう。

第一に、一般的で最も簡単な三段方式がある。すなわち物語全体を始め・中・終りの三段階にするのだ。ここに「ふくろのあな」という題で例をあげる。

一

一ぴきのおなかをすかせたキツネが、ニワトリをみつけ、つかまえようとしたところ、ニワトリは木のうえにとびあがった。キツネはやさしいこえでだまそうとしていう。

「ニワトリくん、いっしょにあそぼうよ！」

ニワトリはこたえた。

「いやだね」

キツネは木をゆらし、ニワトリをおっことした。

二

キツネはすぐニワトリをつかまえ、ふくろにいれ、ふくろのくちをひもでしばって、せおって山のなかのいえにかえった。

ふくろにとじこめられたニワトリはにげられず、でるほうほうをかんがえた。くちばしをはさみのようにして、ふくろにあなをあけ、にげだしたのだ。

三

キツネはきづかず、ニワトリはまだふくろのなかだとおもっていた。いえにかえると、まずドアをしめ、ニワトリがにげられないようにした。それからうれしそうにいう。

「ゆうごはんをたべよう！」

ふくろをあけて、みてみると、なかにはもうニワトリがいない。

「えっ！　おかしいな！　どうしていないんだ？」

よくみてみると、ふくろにあながあり、キツネはさけぶしかない。

「ぎゃあ！　ぎゃあ！　ぎゃあ！　ぎゃあ！」

第二に、単純な三段方式の中の部分で、くりかえしを使って広げる。三段方式の応用編。また同じ主人公の『キツネのふくろ』を例にあげる。（一）が始めで、（二）（三）（四）が中、（五）が終わり。

一

ある日、キツネはふくろをせおって、まちへむかった。

とちゅうでミツバチをつかまえ、ふくろのなかにとじこめ、またせおっていく。いえのまえまでくると、ドアをノックした。ひとりのおばあさんがでてくる。キツネはおばあさんにいった。

「ぼく、まちへいきたくて、このふくろをこちらで、あずかってもらえませんか？」

おばあさんはこたえた。

「いいよ、いいよ」

キツネはまたおばあさんにたのんだ。

「このふくろはあけないでね！」

そういって、まちへいってしまった。おばあさんはおもう。「これになにがはいってるんだろう？　ちょっとみてみよう」そしてふくろをあける。なかのミツバチがにげだした。そばにいたニワトリが、すぐそれをたべてしまった。キツネがふくろをとりにきて、あけると、おどろいてたずねた。

「あっ！　ぼくのミツバチはどこ？」

おばあさんはこたえた。

「さっきふくろをあけたら、ミツバチがにげてしまって、わたしのニワトリがたべちゃったんだよ」

「じゃあ、ニワトリをください！」

キツネはそういって、ニワトリをつかまえ、ふくろにいれ、せおっていってしまった。

二

キツネはまたべつのいえのドアをたたく。またおばあさんがあけてくれた。

「ぼく、まちへいきたくて、このふくろをこちらで、あずかってもらえませんか？」

「いいよ、いいよ」

「このふくろはあけないでね！」

キツネはいって、おばあさんはおもう。「これになにがはいっているんだろう？　ちょっとみてみよう」

そしてふくろをあけると、なかのニワトリがにげだした。そばにいたブタが、すぐそれをたべてしまった。

キツネがふくろをとりにきて、あけると、おどろいてたずねた。

「あっ！　ぼくのニワトリはどこ？」

おばあさんはこたえた。

「さっきふくろをあけたら、ニワトリがにげてしまって、わたしのブタがたべちゃったんだよ」

「じゃあ、ブタをください！」

キツネはそういって、ブタをつかまえ、ふくろにいれ、せおっていってしまった。

三

キツネはまたべつのいえのドアをたたく。またおばあさんがあけてくれた。

「ぼく、まちへいきたくて、このふくろをこちらで、あずかってもらえませんか？」

「いいよ、いいよ」

「このふくろはあけないでね！」

キツネはいって、おばあさんはおもう。「これになにがはいっているんだろう？　ちょっとみてみよう」

そしてふくろをあけると、なかのブタがでてきた。このいえの男の子がブタをおいかけ、ブタはにげてしまった。

キツネがふくろをとりにきて、あけると、おどろいてたずねた。

「あっ！　ぼくのブタはどこ？」

おばあさんはこたえた。

「さっきふくろをあけたら、ブタがでてきて、うちのこどもがにがしてしまったんだよ」

「じゃあ、その男の子をください！」

キツネはそういって、つかまえた男の子をふくろにいれ、せおっていってしまった。

四

キツネはまたべつのいえのドアをたたく。またおばあさんがあけてくれた。

「ぼく、まちへいきたくて、このふくろをこちらで、あずかってもらえませんか？」

「いいよ、いいよ」

「このふくろはあけないでね！」

キツネがいくと、ふくろのなかのこどもがなきさけんだ。

「だしてよ！　だしてよ！」

おばあさんがびっくりしてふくろをあけると、なかにはかわいい男の子がいた。おばあさんはだしてあげて、そのいえの犬をふくろにいれた。

五

キツネがもどってきて、ふくろをせおい、はやしのなかのいえにかえった。そしてふくろをおろす。

「やれやれ！　つかれた！　おいしいゆうごはんをたべよう」そういってふくろをあけると、犬が「ワン、ワン」ととびだし、キツネをたべてしまった。

第三は、Why so stories（なぜそうなった）という名で、例えば「ウサギのしっぽはなぜみじかい」「豆の口はなぜくろい」のように、物語を使ってそのわけを説明し、原因神話とか、説明神話ともよぶ。ここに「わらの橋」をあげよう。

一

おばあさんが豆をにようとおもった。はたけで豆をとってきて、炭をかまどにいれ、わらを炭の上においた。火をつけ、豆をなべにいれてにる。

ひとつぶの豆がなべからとびだし、下にころがった。みるとわらと炭も下におちた。豆はわらにいう。

「あぶなかった！　もうちょっとで、ほかの豆といっしょににられるところだった」

「おれももうちょっとのところを、ばあさんの手からぬけられたよ」炭もいう。

「ぼくもかまどからとびだせた」

三人はともだちになり、いっしょににげた。

二

豆とわらと炭はいっしょにおばあさんのいえからにげ、いそいでまえへすすんだ。

まえには川があって、橋もふねもない。三人はすすむことができず、岸でどうするかかんがえた。そしてわらがいう。

「ぼくがたおれて、あたまをあっちの岸へ、あしをこっちの岸にかけて橋になったら、きみたちわたっていけるよ」

そしてからだを川の上によこたえた。炭が上にのって、まんなかまでわたり、下の川のうずまきをみると、びっくりしてふるえた。あしがとまり、すすめなくなる。

炭のあしには火がついていて、いままできえたことがない。この火がわらにうつって、もえてしまった。橋はおれてしまう。橋の上にいた炭もすぐ川におちてしまった。

三

豆は岸でみていて、おかしくなった。「あっはっは」とわらいがとまらない。わらいすぎたせいで、口をとじられなくなる。

そばでぬいものの先生がやすんでいた。豆が口をとじられなくなったのをみて、すぐにぬいあわせてくれた。その糸はくろくて、豆の口はくろくなった。
それからというもの、豆の口はみんなくろいんだって。

第四に、ふざけた物語。『金の羊』をあげよう。

一

こどもが羊飼いをてつだって、羊をみていた。彼は羊飼いから笛をあずかって、羊をそとへつれだした。羊が草をたべるとき、こどもは笛をふく。

羊たちのなかに金の子羊がいて、こどもが笛をふくと、この金の子羊はおどりだすのだ！　こどもは金の子羊がだいすきだった。

羊飼いが彼にいう。

「ちゃんと羊をみていてくれたから、おくりものをしてあげたい。お金と服、どちらがほしい？」

「金の子羊をください。ほかのものはいりません」彼は金の子羊をつれていえにかえった。

とちゅうで夜になり、こどもと子羊はいっしょにこやにとまった。夜中になって、このこやのむすめが子羊をぬすもうとした。子羊の金の毛はきらきらひかり、まっくらな夜でもみえる。むすめがつれていこうとしたところ、おもいもよらず、手が子羊のからだにくっつき、はなせなくなった。

二

つぎの朝、こどもがこのむすめをてつだって、ひっぱってやっても、はなすことはできなかった。しかたなく、彼はむすめもいっしょにつれていく。そとにでて、こどもが笛をふくと、子羊はおどり、むすめもおどった。むすめの母はそうじしているところで、もんくをいった。

「おまえはどうしてここでおどる？　そうじをてつだうつもりはないのかい！」むすめはやっぱりおどっていた。母はおこって、ほうきでなぐったところ、ほうきもむすめのからだにくっついて、はなれなくなった。こどもが笛をふくと、子羊がおどり、むすめがおどり、母もおどった。

つえをもってでてきた父が、それを見てののしった。

「おまえたち朝から今までおどって、まだやめないのか？」むすめと母はかまわずおどる。父はおこって、つえでなぐった。つえは母のからだにくっつき、はなれなくなった。こどもが笛をふくと、子羊とむすめと母がおどり、父もおどった。

三

国王家の王女は病気で、このようすをみると、とてもおもしろがり、「あははは」とわらいだした。わらいすぎて、病気もすっかりよくなった。

王女の病気は、国中の医者もなおせなかったのだ。国王はこのこどもが王女の病気をなおしたのをみて、彼をじぶんの息子にした。こどもは王の息子になり、子羊、むすめ、母、父をみんなはなしてやった。こどもと王女はいっしょにこの子羊のめんどうをみた。


第五に、取り換えの物語。たくさんものを取り換えることで、物語を作る。『リンゴマントウ』の例をあげよう。これは前に出てきた『キツネのふくろ』に似ているけれど、『キツネのふくろ』はくりかえしを重視し、この『リンゴマントウ』は取り換えを重視する。

一

おばあさんが、リンゴをつかってマントウをつくり、ゆうごはんにたべようとおもった。たくさん小麦粉と砂糖を用意したけれど、リンゴはひとつもない。庭の梅の木にはたくさん実がなっていた。けれど梅の実ではリンゴマントウはつくれない。

彼女はかごに梅の実をつんで、リンゴをさがしにでかけた。家をみていくと、鳥を飼っている女の人がいた。彼女ははなしかける。

「今日は日曜ですよ、梅ジャムをつくりませんか?」そして梅の実をあげた。その女の人はよろこび、鳥の羽をたくさんくれた。おばあさんはいう。

「鳥の羽は梅の実よりかるくてよかったわ！」

それをかごに入れて、もっていった。

二

しばらくいくと、花をそだてている家をみつけ、男の人と女の人がけんかしていた。男がいう。「わらがいい」女がいう。「わたがいいわ」おばあさんがなぜけんかしているのかきくと、ふたりはこたえた。

「おじいさんにふとんをかえてあげようとおもうんだけど、なかにわらかわた、どっちを入れようかって」

おばあさんはそれをきいて、こたえた。

「おじいさんのふとんなら、わらでも、わたでも、この鳥の羽にはおよばないよ」

かごの鳥の羽をふたりにあげた。ふたりはいう。「鳥の羽のふとんはほんとにすてき」そしてたくさんの花をくれた。

三

おばあさんはこのたくさんのきれいな花を花屋にうって、そのお金でリンゴをかおうかとおもった。ある家のまえにやってくると、なかでは女の子が病気で、母や兄弟が心配そうにかおをあおくしていた。おばあさんはいう。

「この花をあげましょう」

花は病気の女の子のまくらもとにおかれた。女の子はきれいな花をみて、うれしそうにわらったところ、病気がよくなった。母や兄弟はよろこび、おばあさんにおくりものをしたいとおもい、子犬をくれた。おばあさんは子犬をつれて、心のなかでおもった。

「梅の実が鳥の羽にかわって、鳥の羽が花にかわって、花が子犬にかわって、いつリンゴととりかえられるんだろう?」そしてまたあるいていった。

四

しばらくいくと、やはり家がみえ、庭にリンゴの木があり、木にはいっぱいリンゴがなっていた。おばあさんはさけぶ。

「あっ！　すごいリンゴの木だわ！」

木の下のおじいさんが彼女にこたえた。

「このリンゴの木はたしかにいいが、この木をうえたこどもはみんなよそへいって、としよりだけがのこされて、このさびしさをどうすればいいだろうねえ?」

おばあさんはいう。

「じゃあ、わたしの子犬をあげましょう」

おじいさんはとてもよろこんだ。「ありがとう！　それではリンゴをさしあげますよ」

たくさんのリンゴが、おばあさんのものになった。おばあさんはそれをかごに入れ、もってかえった。

「リンゴマントウをつくりましょう」

家にかえって、たくさんのおいしいリンゴマントウをつくり、ゆうごはんにたべたんだとさ。


第六は、だんだん大きくなる話。『猫王子』を例にあげる。こういう物語は歌にそっくりだ。われわれの田舎では、だんだん形式の歌がたくさんあって、幼児の物語にも作り替えられる。

一

猫の国の猫王に、猫王子がうまれた。猫王はおおよろこびで、国中のものしりな人をよびよせ、彼らにいった。

「王子のために世界でいちばんちからづよい名まえをつけようとおもう。みんなでかんがえてくれ、どんな名まえがいい？」

一人のものしりがいう。

「大王！　われわれ猫の祖先は虎です。王子の名まえは、世の中でもっともつよい『虎』がよろしいのでは？」

また一人のものしりがいった。

「いけません、虎はつよいとはいえ、空をとぶ龍にはかないません。王子の名まえはやはり『龍』になさいませ」

また一人のものしりがいう。

「だめです、龍はつよいとはいえ、雲がなければとべません。王子の名まえは『雲』にいたしましょう」

また一人のものしりがいいだした。

「だめでしょうな。雲はつよいとはいえ、風にたよってとぶのです。雲はまったく風にはかないません。風は大木もふきとばせ、風こそが最強です。王子の名まえは『風』できまりかと」

また一人のものしりがいうのだ。

「いいえ、風は力がつよくとも、壁にぶつかったってとばせません。世界最強は壁。王子の名まえは『壁』に」

また一人の学者がいう。

「壁は風よりつよくたって、鼠がかじってしまいますぞ！」

ほかのものしりが聞いて、やはりいう。

「そうだ！　鼠は壁にあなをあけられる。じゃあ世界でなにが最強か？　虎は龍におよばず、龍は雲におよばず、雲は風におよばず、風は壁におよばない。壁よりつよいのはなんだろう？　鼠か？」

「はは、そりゃおかしい！」

「ありえんだろ！」

みんながわらいだし、ずっとだまっていた猫王が、このとき口をひらいた。

「おまえたちはみんなまちがっている。虎より、龍より、雲より、風より、壁よりつよいのが鼠であるなら、世界で一番つよいのは猫ではないか。王子の名まえは『猫』にしよう」

それで、生まれた王子の名まえは「猫」


第七は寓話方式だ。つまり『イソップ童話』のような教訓物語。例はもうあげない。

この分類法はもともと物語の骨組みをならべただけで、その材料はもちろん話す人がかんがえなければならない。けれど骨組みがあれば、材料を合わせやすい。


物語を話すには、大人がでたらめに作ったものでも、子どもはまじめに聞く。これについては、世の母親はちゃんと信じ、気をつけなければならない。決して、でたらめに作ったものを、てきとうに話そうなどと思ってはいけない。

例えば恐ろしいことや、残酷なこと、不道徳なことなどは、みんなよくない材料だ。子どもは物語の中のことを事実だと、まじめに信じるのだから。彼らの世界では、キツネ、猫、ニワトリ、炭、豆は話ができる。人と羊はくっつき、病気は笑えば治る。

以前私は新しい材料が不足したため、たまたま実録っぽい「詐欺師が子どもを誘拐する話」を作った。「あめ売りの詐欺師は、母親が子どもを一人で戸口に出してお金をはらわせたのを見て、すぐに着ていたコートをひろげ、大きな鳥の羽のようにその子にとびつき、かかえて去っていった……」と話したとき、四歳の子どもは火がついたように、ふるえる声でさけんだ。「やめて、話さないで」そして泣き出すのだった。

それから私は二度とそんないたずらをしていない。怖い話は彼らを本気で怖がらせる。広げてかんがえると、よい話は彼らを本当によくするし、美しい話は本当に美しくする。同時に、悪い話は彼らを本当に悪くするし、みにくい話は本当にみにくくする。それから私は子どもへの話はまじめにしなければいけない、親にとって簡単じゃないとわかった。けれど世の中の母親にはいい知らせがある。

世のお母さん！　あなたたちが子どもに話をするときは、自分から子どもの世界に入っていき、彼らの世界の中の話をしよう。つまり自分が子どもに変わる必要がある。


一九二九年新春、縁縁堂の、軟軟の眠るベッドのそばでこれを書く

伯豪《ボーハオ》の死

伯豪《ボーハオ》は私の十六歳のときの、杭州師範学校での友達だ。彼は私と同じ年に、その師範学校へ入った。その年予科に入った新入生は、全部で八十人あまり、甲と乙のクラスにわけられた。縁があったのか、私と彼は同じ甲班に入れられたのだ。その学校には全体で四、五百人の生徒がいて、十のクラスにわけられていた。自習室のわりあては、クラスにはよらず、寮監の先生のかんがえでまぜあわされ、どの部屋にも二十四人が、予科から四年生までの生徒で組まれていた。これは心のつながりによって、勉強などを競い合おうという教育方針からそうなっていた。

私は入学当初、とても心細く、友達もできなかった。私の行動範囲は指定された座席だけだった。持ち物はみんな引き出しにおさまる程度だ。あとは見慣れぬ状況と見知らぬ同級生——ほとんどが先に入ってきた生徒だった。彼らはしゃべっては大笑いし、ビスケットを食べていた。ときどき変な目つきで新入生を見つめ、仲間にむかってこちらにわからないことをいい、馬鹿にしたように笑う。私はただ気まずく座っていた。

ななめ向かいの席にも一人つまらなそうなのがいて、やはり新入生のようだ。私は彼と話すようになり、それが最初に知り合った同級生の伯豪で、姓名を楊家俊《ヤンジアジュン》といい、余姚《ユーヤオ》の人だった。

自習室の上の階が寝室だ。自習室は二十四人入り、寝室は十八人までで、同じように順にわりあてられる。この結果、甲乙丙丁の十干と子丑寅卯の十二支の組み合わせのように、だんだんちがうものが出てきて、自習室が同じで寝室は別という人もいる。私と伯豪はそんなふうで、二人のベッドは厚い壁にへだてられた。

当時私たちはベッドのせいで、あまりよく眠れなかった。寝室の規則で、毎晩九時半にはドアをすべてしめ、十時に消灯だった。生徒は寝室に入ると、すぐベッドで眠ることになる。次の日の六、七時には笛が吹かれ、長い廊下をベッドから飛び出した全生徒がいったりきたり、寝室からはしめ出される。それから夜九時半までのあいだ、われわれが落ち着けるのは、（自習室の二人用の）机の半分といすだけだ。だからわれわれは甘美な休憩所であるベッドが、とても恋しい。眠る前に数分だけ灯りがつくけど、いそいでもぐりこまず、いつも友達とベッドのわきでしばらく談笑するのが、真っ暗な中すぐ眠るよりよかった。

私と伯豪は残念ながら壁にへだてられ、ベッドでは話せず、いつも部屋の外の長い廊下の窓辺でおしゃべりした。ときどき消灯後もしゃべりつづけ、周りのしずけさが私たちの話声を際立たせ、伯豪が「衆人みな眠り、われらのみ醒める」と低く歌ってから別れ、それぞれ暗い中眠った。

伯豪の歳は私よりちょっとだけ上だったけど、もうはっきりとは覚えていない。今思い出すと、あのとき彼は十七、八歳にして、深く落ち着いた頭脳と、優れた志を持ち合わせた、すばらしく個性のつよい少年だった。

あのころの私は幼く無知な生徒にすぎず、心に志も自分の道というのもない、因習と伝統を守るばかりの、校内で人に流されるまじめな機械のようだった。伯豪という立派な男と付き合ったのは、彼の器量を認めたからではなく、ただ最初に知り合った生徒だったからだ。彼は私をすてず、最初に知り合った縁を思っても、別に私をほめはしない——せいぜいまじめでよく勉強する子どもだからと、仲良くしてくれたにすぎない。

そうして話すうちに、われわれの友情はだんだん深まった。一度私は彼に、受験について話したことがある。

「今度、第一中学と甲種商業、あとこの師範学校、三校の試験を受けたんだ」と私はいった。

「なぜ三校も」と彼はたずねた。

私は簡単にいう。「怖いからさ！　だめなら、うちに帰れないだろ？　僕は小学校を一番で卒業したのに、上の学校に入れなかったらどうなる？　まあよかったよ。商業では一番、第一中では八番、ここでは三番だったから」

「じゃあどうしてここに入ったんだよ」

「母さんが先生と話し合って、先生は師範がいいっていうから入ったのさ」

伯豪は笑った。私は意味が分からず、かえって得意だった。

それから彼は、ちょっと軽蔑の表情でいう。「ひどいな！　自分で決めろよ！　だったら誠意はないんだな。自分の意思で師範に入ってないんだから」

私はこたえなかった。実際、あのころの私の心には母の命令、教師の教え、校則しかなかったのだ。そのほかの、自分の考え、誠意、志など夢にも思ったことがない。彼の言葉は私を刺激し、急にはっとさせられた。初めは自分が不誠実だったと気づき、次に自分の卑怯があわれになって、最後にさっき受験の順位をひけらかしたことが、はずかしくなった！　私はやっとのことで自覚する。彼の言葉がそれをうながしたのだ。その日から、私は彼に尊敬の念を抱いた。

彼は生徒たちが学校の求める宿舎の決まりに従順なのが、普段から不満だった。彼は私にいったことがある。「おれたちは人間じゃない、ニワトリかアヒルの群れだ。朝放たれて、夜はかごにもどる」

また夜九時半に、生徒たちが寝室のドアに集まって、室長が開けるのを待っているとき、いつもいった。「犯人を撃て！」けれどあのころ、われわれにとって寝室の開け閉めや、灯りのつけたり消したりは、朝がきて夜がくるのと同じく、不変の原理だった。室長は天の使いで、おかすことのできない権威であり、誰に文句や不平がいえるだろう。だから彼のこんな言葉は、ただの冗談にして、全校四、五百人の生徒には広めず、何の影響もなかった。

私自身が、絶対服従の優等生なのだ。ある日の午後、私は急に寒気がして、病気のようだった。ただ寝室が厳重に閉められている時間で、私は「服を取りにいこう」とさえ思わず、けだるく席にもたれるだけだった。

伯豪が私の状況に気づき、たずねた。「なぜ服を取りにいかない?」

私はこたえた。「寝室は閉まってるだろ!」

彼はいう。「それがどうした! 監獄じゃないんだぞ!」

彼は私の代わりに室長に寝室を開けてもらい、服やふとんをとってきて、保養室へ送ってくれた。途中で彼はいう。「あんまりびくびくと、規則にこだわるな、何事も道理さえあればいいんだ。おれたちは兵隊で、犯人じゃないぞ」

ある授業で、先生が点呼で「楊家俊」とよび、返事がなく、休止符を打たれた。先生が級長に「楊家俊はなぜいない」とたずね、級長が「わかりません」といった。

先生はひどく怒っていう。「また無断欠席か、おまえよんでこい」

級長は小役人のように、意向を受けて捕り物にむかった。われわれ四十人あまりはしずかに座り、先生の顔はずっと怒っていて、後ろで手を組み、教壇に立って、みんなはしずかに犯人逮捕を待っていた。

まもなく、級長が一人でもどっていう。「きたくないそうです」

四十対の目がさっと先生の顔に集中し、先生はただ鼻を「ふん」と鳴らすだけで、出席簿にいまいましそうに鉛筆で丸をつけ、本を開いて授業を始めた。部屋の空気はさらにこわばり、みんなこの「ふん」という音が何かの法力かと思ったのではないか。

授業のあと、物好きなやつらがわれわれの自習室へ楊伯豪に会いにきた。

みんな好奇心と同情の目で、彼にたずねた。「なぜ授業にこなかった?」伯豪は机の上の『昭明文選』をめくるのみで、笑ってこたえない。一人が親切から忠告した。「なぜ病気だといわなかった?」伯豪は『文選』をおさえてこたえる。「病気じゃないのに、どうして嘘を?」みんな笑って去っていった。それから私は茶を入れにいき、途中で級長がかこまれているのを見て、何かいっている。近づいてみると、彼が話していた。「出席簿には大きな丸が……」またいう。「指導教官があいつをよびにきて……」

聞いていて舌を出すものもいた。それからまただれかがいう。「そのうち……留年か、ひょっとしたら除籍……」

別の声がいう。「学費を没収されるんじゃ……」

私には「ふん」という音や、大きな丸にどんな作用があるかわからなかったけど、次々とうわさがまきおこるのを見て、伯豪がとても心配になった。

その夜、私はまた彼と長い廊下の窓辺で話した。彼がずっと心配で、心から忠告したのだ。「どうして授業に出ないんだよ。出席簿の君の名前に大丸がつけられたらしいぞ。留年か、除籍か、学費の没収だってさ!」

彼は落ち着いていていう。「あの先生の授業は、おれには必要ない。他のやつらは出席簿の大丸とか、テストや素行の点を恐れてむりに授業を受けるが、おれはいやだ。先生にしばられたくない」

「君みたいな変人、全校に二人といないよ！」「君を思っていってるんだぞ！」「……」

楊家俊の無断欠席は、まもなく全校を騒然とさせ、みんなこのめずらしい事件を知り、教師たちも注目し出した。伯豪はしょっちゅう指導教官によばれてしかられた。けれど伯豪は泰然自若としていた。よばれるたびに決然とおもむき、笑顔でもどってくる。気にせず図書室で『史記』や『漢書』などを借りてきて、一心に朗読した。私だけが彼を心配して、ほどなく冬休みがきた。学校は彼になんの罰もくださなかった。

次の学期、伯豪はやはり学校にきたけれど、初めはあまり楽しそうではなかった。

われわれはだんだん杭州にくわしくなってきた。春がきて、日曜に二人でよく西湖の山水であそんだ。

彼の行楽はとてもおもしろく、そのやり方も特別だった。

彼はいう。「西湖であそぶには、目的なくぶらつくべきで、場所を決めちゃいけない。疲れたらすぐ休むのさ」またいう。「西湖では知られてないところへいかなきゃ！　みんながいかないところへな」

彼は私を保俶塔のそばの山頂へつれていき、雲を見ながらパンを食べた。それから彼は一枚の銅貨を大きな岩の上に置き、次にきたときに拾おうといった。三週間がすぎて、またそこにくると、銅貨はすでに青く変色して、元の通り岩の上にあり、二人でどんなに喜んだことか！

彼は私にいう。「ここをおれらの金庫にして、天地を家にしよう」

あのころの私は無知でおろかな生徒にすぎず、自分の考えなど一つもなかったけれど、彼のこの突飛で斬新で抜きんでた言動に対してはかなりの目利きになり、彼の一挙一動にひどく引きつけられ、知らないうちに彼を好きになり、ついていくようになった。けれど運命はもう二度とわれわれの交友をゆるさない。

体操の先生は軍の出身で、学校には百あまりの重いモーゼル銃があった。この銃を背負った軍隊式の体操は、私が最も恐れ、伯豪の最もきらうものだった。この軍隊式体操を思い出すと、今でも背中に汗がふき出す。

とくに私の足の構造には異常があり、尻にかかとをつけて座れず、ひざまずいて攻撃するとき、むりに座ると、とても痛くて、しっかりとはできない――その後、私は東京へきたとき、またも足の苦しみを味わい、座るとき日本人の礼儀にならえず、足を投げ出すわけにもいかなかった。――その体操の先生は軍の出身なのに、さいわい凶悪ではない。私がひざまずけないのを見ると、ちゃんとゆるしてくれたものの、いうのだ。「常に練習しておけ、ひざまずいての攻撃はとても重要だ」

それから彼は助手をよび、その人は根っからの軍人で、私たちを兵としてあつかった。言葉はいつも命令口調で、しかもかなり凶暴だ。

彼は私がひざまずいたとき他のものより高いのを見て、わけも聞かず、後ろにやってくると、足のせいなのに、両手で思い切り肩をおさえつけた。私は痛みにたえられず、銃といっしょに地面にたおれた。

またあるとき彼が「銃をあげよ」とさけび、私は考え事をしていて、号令を聞いておらず、銃をあげなかった。

彼は怒鳴る。「十三番！　耳がないのか？」

私はこの叱責を聞いて、最初はモーゼル銃を、この兵隊の頭に投げつけたい衝動にかられ、それから銃を捨てて抜け出したくなったけど、最後にやっと銃をあげた。

「十三番」このよび方ももううんざりだ。「耳がないのか？」

さらにむかついてきた。けれどそのときの状況で、もし本気でぶつかったり銃を投げつけると、彼は必ずなぐりかえすか、武力で僕を排除し、同級生たちはたすけてくれないだろう。ただの兵隊のくせに、われわれには師団長だから、こちらに対して、減点や過失の記載、除籍、学費の没収などの権利を持っていた。こんな平和な世界で、だれがわざわざ私のために反乱を起こし、自分を危険にさらすだろう。

私は十分状況がわかっていて、なんとか怒りをこらえて銃をあげ、さいわい伯豪はそのときもう長いこと体操の授業に出ておらず、この兵隊にぶつかってはいかなかった。

それればかりか、彼はきらいな授業にはまったく出ていない。同級生の忠告、先生の追及、指導教官の訓戒は、全然彼をうごかせなかった。彼は自分で『史記』や『漢書』を読むだけだ。

全校で「頭のおかしな楊家俊」はうわさになっていた。近くを通った人はみんな足を止め、妙な顔をして、この狂った男のふるまいをのぞき見た。私はみんなのうわさを聞き、「伯豪は本当に心を病んでるのか？」と心配になった。

まもなく夏休みがきた。前の日に、また二人で山へ出かけた。帰り道にいきなり彼はいうのだ。「おれたち、あそぶのはこれが最後になる」

　私はびっくりしてわけを聞き、彼はもう退学を決意し、明日がお別れになるのだと知った。私の心はひどく乱れる。急な離別をいぶかり、交友の終わりが悲しかった。けれど彼の校内での立場を思うと、出ていった方が幸せかもしれない。

　秋の始業後、校内にもう伯豪のすがたはなかった。先生たちには面倒が減り、同級生たちは笑いが少なくなって、学校が前よりちょっとしずまったようだ。私はひそかに尊敬していた友達がいなくなり、変わらずびくびくと恐ろしい服従の日々を送っていたものの、学校への反感や同級生への嫌悪、学生生活への飽きが、心の中にだんだんつもってきた。

　それから十五年、伯豪はほとんどを小学校教師としてすごした。私と彼のつながりは、生計のために私が余姚の小学校へ、彼を一、二度たずねたほかは、手紙のやりとりさえ少なかった。手紙でも大した話はなく、近況を簡単に述べるくらいで、普通のあいさつだけだった。

　この十五年で、伯豪は結婚して子どもも生まれ、家庭の責任のために小学校の教育界を走りまわり、余姚の小学校を転々としていたそうだ。そのあいだに一度、上海のある金融機関に勤めたと書いていたけれど、やはりすぐ小学校教師にもどったらしい。

　私が二月十二日に結婚した年、彼は祝いの詩をいくつか送ってくれた。その一首目が、「花はよく日に向かい、月は丸く天をめぐる。おしどりは三日ののち、神をうらやまなくなる」という詩だったと記憶している。日本製品をボイコットしたあの年、東の国を蚊に例えた四言詩を送ってきて、最初の四句はこうだ。「ああ小さい虫よ、なぜ自分をわきまえない。人間は伏する龍で、抵抗に必ずあう！ ……」

また私が彼をたずねたとき、話すうちに、彼の固い意思や立派な風格、またそれに落ち着きが加わったことに驚かされた。心の中でいろいろ回想し、思わずいった。「昔、君と僕が同級生だった一年を思い出すと……おかしいね！」

彼は首を横に振ってほほえみ、それからため息をついた。「今さら何がおかしい。おれはいつだっておれのままだ」

彼は放課後、私を余姚の山へつれていってくれた。途中、彼はいきなりいった。「また目的なしにゆっくり走らないか？」彼の顔に突然夢のような笑いが浮かんだ。私もなんとか子どものころの気持ちを思い起こし、喜ぶふりで賛成した。けれどこの熱い興奮はしばらくしかつづかず、その後二人はほこりまみれな疲れた体で、不自然にふもとの道へ移動した。まるでとっくに死んでまだ冷たくなり切らない鳥が、最後にふるえたかのようだ。

今年の春の終り、突然のはがきを受け取った。「子愷兄　楊伯豪が十八年三月十二日午前四時半にこの世を去りました。ここにお知らせします。范育初《ファンユーチュー》」裏には小さい字で書いてあった。「夫人の出産のため、女を雇ったところ、思いもよらず猩紅熱を患っており、次々と伝染して、子女にまでおよんだのです。長女（九歳）と長男（七歳）が相次いで死亡。伯豪は悲しみのあまり、またこの病にかかり、亡くなりました。残念です。あなたは親しかったと聞き、詳しくお知らせします。それでは」

私はこのはがきを読むと、心が激しく乱れた。あまりに急すぎる。われわれの縁がこれで終わりだなんて。けれどこの世での境遇を思い、そこから抜け出せてよかったと感じるべきなのか。

それからまた手紙がきて、伯豪の死を知らされ、それから余姚の教育界が追悼会を開くそうで、弔問を求められた。沈沢民《シェンツォーミン》が上海から余姚へもどって追悼会をとりおこなった。私は彼にたのまれて伯豪の追悼会の聯額をかかげることになり、われわれの友情はこれで最後になるのだ。けれど私はこの乱れた心で詩や対句を、伯豪の霊前のかざりとして整えられず、とうとう沈沢民に手渡せなかった。もし伯豪の霊に会えば、彼は私が弔えなかったことを責めず、学生時代に点をつけられることを嫌悪したのと同じく、この追悼会を嫌悪したかもしれない。

この世にはもう伯豪のすがたはない。自然界には面倒が減り、人間界には笑いが少なくなって、世の中は前よりちょっとしずまった。私はこの大好きだった友達を失い、変わらずびくびくと恐ろしい服従の日々を送っているけれど、世の中への反感、人への嫌悪、生活への飽きが、心の中にだんだんつもってきた。

一九二九年七月二四日　縁縁堂にて

寄宿生活の思い出

寄宿生活への私の印象といえば、数百匹の子猿を大きな檻に閉じ込め、いっしょに飲み食いさせ、いっしょに寝起きさせるのと変わらない。子猿たちにどうやってさわがせず、妙な芝居をさせられるだろう？十年以上前、私も一匹の子猿として、杭州第一師範学校という大きな檻の中で、五年間ふざけた生活を送っていた。今思い出すと、一番おかしかったのは食堂だ。

生活の程度は高まり、物価が高騰して、庶務の先生は切れもので、料理人はずるがしこく、その上若い生徒の食欲はものすごくて、大小七、八人の小僧たちが食卓をかこみ、みんなで五つの背の高い皿にもられたおかずを取り合い、まさに「トラがチョウを食う」勢いだ。

おかずの中に肉はあまりない。皿の中にほんのちょっと肉のかけらが見えたり、卵のそばに肉みそがそえてあったら、それはもう珍品だ。一人が大胆にその皿へ箸を突き入れると、すぐに十何本の箸が争い出し、あちこちで戦って、みんな必死だ。私は肉を食べないから、これには不参加だった。けれど食後の洗面所で、しょっちゅうみんなの不平を聞いた。ある者はいう。「あいつほんとひどいんだよ、箸のとどく範囲の肉は、みんなあいつがはさんで持っていくんだ」またある者がいう。「あいつはめちゃくちゃだ。箸を卵の下に突っ込んで、えぐりとったんだ。卵の上の部分は動かさないで、下は持っていかれて、残ったのはかすだけだ」

あるとき、みんなの目が魚の開きにそそがれた。これは家庭の台所では粗末にあつかわれ、当時銅貨二、三枚で売られていた。けれどわれわれの食卓では、山海の珍味と同じく貴重だ。しょっぱい魚は少し口に入れたら、ご飯を三、四口食べられるのだから。残念ながらこの魚の開きは、どれも石のように固い。料理人が薪をけちって、蒸し方が足りないのだ。箸はのこぎりではない。二本の竹でもって、この皮と骨のある固い魚の開きを扱うには、よほどうまくやらなければ。私は箸使いがへただ。一時期、経済手腕のある同級生の意見を信じ、右手はペンをにぎる専用にして、左手で箸を持つようにしたところ、ますますひどくなった。

あいにくいつもこの魚の開きは私の前に置かれず、食卓上の遠いむこうにあった。私はよくたくさん難しいことをためし、いい機会を待って、目をつけた魚の開きに箸を突っ込んだ。一度うごかしても切れず、二度三度でも切れなかった。他人の箸はすでにうずうずと私の腕の両側で待っており、道で青信号を待つ車のようだ。ずっと交通を妨げてはいられず、手放すしかなかった。ときには四、五回やってみても皮さえやぶれない。開放を待つ人の目がまた私の箸にそそがれ、挑戦を監視した。むだに箸をひっこめるのでは、メンツが立たない。けれどどうしようもなく、ただ顔を赤らめ、魚のスープをご飯にかけて、口に入れた。

私の技術が劣っているせいなのだ。食堂ではみんな目がよくすばしっこくて、食に関しては、私のように下手で臆病な者は少ない。一度に十回おかわりする者もいる。皿がみんな空になったとき、彼らはまだおかずが残っているとなりの食卓へまで食べにいく。まだ足りなければ、他を見まわし、水と草を追って移動する遊牧民といっしょだ。

また寮監の先生が食堂の席を決めるとき、大食いの肥満児がいると、近くの者があまり食べられない。そこの食卓は普通の家にあるのより小さいくらいなのだ。一番の肥満児は、食卓の一辺を独占する。彼が一辺の三分の二を占拠して、あまった三分の一を与えられた痩せた者が、もう遠慮してしまう。けれどその痩せた者はたまったもんじゃない。彼の不平ももっともだ。これは一時のことではなく、食堂の座席は一度寮監の先生が決めたら、となりどうしの二人は結婚した夫婦のように、勝手には離れられない。一日三食、一学期百三十五日、全部で約四百食、毎回肥満児によりそって、端っこに追いやられる食事では、たえがたいことだろう。

食事というのはほんとに大問題で、聞いたところによると、いっしょに祝いの酒を飲んでいて、やはり座席のことでけんかになった人がいたそうだ。

私の故郷の石門《シーメン》地方で、一人のいやしい人が、親戚の家で祝いの酒を飲むところを、不運にも遠慮のない太った人と食卓の一辺に座った。その太った人は辺の三分の二を独占し、いやしい人が彼に話しかけた。

「お兄さん、祝儀はいくら出した？」

太った人はわけがわからず、簡単に答えた。「四角出したよ」

いやしい人は続けた。「たった四角かい、おれは六角だよ」

われわれの食堂の痩せた彼は太った彼に食費をいくら出したか問わなかったのだから、さすがに教育を受けた人は礼儀正しい。

われわれの食堂は、たしかに遠慮深かった。われわれは礼儀をわきまえている。食べ終わったときには必ず箸をあげて、まだ食べているのんびり屋をチェックする。食べ終わらない人も彼に箸を向け、満腹の人をチェック。毎回こうなる。五つの皿がみんな空になると、まだ食べてる人はゆっくりはできず、もう食べた人が満腹していなければ、礼儀をとりおこなう。

ただ、檻にとじこめられた猿の群れは、礼儀は礼儀でおかしかったりする。軽はずみな若者が箸を左の皿の料理にのばし、急に右の料理が食べたくなって、途中で箸を右に旋回、期せずして食卓の上に円を描く。周りの人はこれを「食べにきて」の合図と思い、みんな箸を手になだれこんだ。食堂中がくすくす笑った。またおっちょこちょいな子どもがあわててご飯をかきこみ、思わずそれが気管に入って、かんでいた米粒をせきで飛ばし、みんなの料理の皿にふりまいて、また声にならない笑いが。

私の妻の話によると、女学校の寄宿舎では、食堂の礼儀は私たちより厳しかったそうな。食卓の八人に、おかずは必ず同じだけわけられ、競争はない。

彼女がいうには、早く食べた人は、ただ皿の前に座って、さわぎもしないいんだとか。大変なのは食べるのがおそくて人を待たせるほうだと。最後の人ははずかしいことになる。食べ終わった残りの七人が周りに座って、十四のきらきらした瞳が彼女の動きにそそがれ、おかずをはさみ、ご飯を口に入れ、かんで飲み込むのをみんな見られる。目が十個でもきびしいのに、十四の瞳とは！　その結果、甘やかされたお嬢さんは、食堂の主人におねがいする。（彼女の学校は校長の家で食事した）家庭で大事に育ったお嬢さんは米を一粒一粒かむ。彼女らが学校で食べると、とてもこまる。他の人が箸をおいたとき、彼女はまだちっともすすんでない。十いくつの目に監視され、はずかしそうにたくさん食べるくらいなら、おなかをすかせて帰る方がましだ。みんなビリになるのを恐れ、食べる量を減らし、食堂の主人（校長）におねがいした。

とにかく、食堂のおかしな展開は、どこでだって起きる。個別に食べることになると、食堂はさびしいだろう。それぞれ自分の分を食べるなら、肉のかけらのために箸を振り回さなくてもよく、卵を下からえぐることもなく、魚の開きもゆっくり食べられる。大食いでも遊牧せず、太ってたって嫌われず、笑われることもない。

われわれはみんなでいっしょに食べるのに慣れていて、それが当たり前と思っていた。けれどよく考えてみると、このやり方はじつはちょっとおかしく、しかも問題がある。

われわれの食事はご飯が主体で、おかずは補助だ。マントウの主体はパンで、あんは味を補助するみたいなもの。けれどマントウの中の主体と補助は、それぞれふさわしい分量だからこそ、われわれは好きでよく食べる。ご飯だと、配分は食べる人にまかされている。ただ、一回の食事の分量ではなく、一碗の分量でもなく、一口の分量がそうなのだ。ご飯をかきこんで、口から箸を出し、みんなの皿に突っ込んで、料理をはさみ、また口の中に入れる。このやり方はかなり野蛮だ。潔癖な人は自分で専用の碗と箸を用意し、毎回持ってくる。でもみんなで食べるときは知らずに、七、八組の箸が七、八個の口からみんなの皿に何十回何百回と往復する。どの皿もみんなの唾液がもう混ざっている。食堂の後輩たちよ、ときどきかんだご飯のかけらまでもが箸によってみんなの皿に移り、かき混ぜられてそれぞれの口に入るのだよ。

みんなでいっしょに食べるやり方は家庭内ではいいけど、食堂でやるのはおかしいだろう。食卓の平和は、みんなの道徳心と良心にかかっている。みんなで食べるには、それぞれが礼儀を守る君子になれば問題ない。ただし、われわれは大きな檻の中の子猿であって、争って食べる狂犬の群れとはちがい、遠慮深いから！

食堂のおかしさとあわせて、宿舎のおかしさもまたべつにある。住む場所と眠る場所は、二カ所にわかれていた。数百の生徒が、毎晩羊の群れのように寝室に追い込まれ、強制されて同時に眠る。毎朝強制的に同時に起こされ、いっしょに階下の自習室へ追いやられた。

月の夜、校庭をしばらくはなれたくなかったら、暗い中をこっそりもどって眠らねばならない。寮監に叱られようものなら、学校中に罪が知れわたる。

真冬の朝、ふとんが名残惜しければ、朝食が犠牲になって、寝室に閉じ込められる。この制度によって生徒は家畜同然となり、毎朝いっしょに放牧され、いっしょに柵へもどり、群れからはなれることはゆるされない。宿舎のようすは、動物園と同じだ。

長い廊下に沿って、二十の寝室がならぶ。ドアの形や色もまったく変わらない。どの部屋にも十八台のベッドがならび、その形もまったくいっしょだ。室内の備品も同じ。もし長い廊下の端の寝室をわりあてられたら、見分けるのは簡単だ。けれど不幸にも中ほどの寝室だったら、寝るときに形から自分の部屋を見つけるのはむずかしい。

寝室のドアには、部屋番号があった。そのそばには寄宿生の名前の表がかけてあり、動物園の檻のふだとそっくりだ。昼間自分の寝室を探すなら、番号と名前の表を見ていく。ただし長い廊下の両端にドアがあって、昼間は閉まっている。寝室に入るのはいつも夜の九時半。この時間に室内の灯りがついて、長い廊下の両端の階段にも灯りがつく。ただ大して明るくなくて、寝室の番号を見分けるのはむずかしい。

私は同じ部屋の人についていくか、ドア近くのベッドの、ふとんの色やもようを覚え、部屋のしるしにするしかなかった。もしそのベッドで眠る人がふとんを交換したら、私は一時迷子になり、あわててうろうろしてから、やっと自分のねぐらを見つけるのだ。ベッドにたどりついて、急いで着替えて眠る。すぐに室内は闇の世界に変わる。長い廊下の両端の灯りは、夜通しついていた。廊下はずっと明るい。けれど真ん中辺りの寝室の前は、かなり光が弱かった。月の明るい夜でなければ、消灯後の室内は廊下側の四角い窓ガラスの弱い光だけが見え、あとはまったくの闇だ。ベッドですぐいびきをかける人ならつらくないだろう。けれど私は青年時代、なかなか眠れないくせがあった。眠れないので、消灯が嫌いだった。灯りが消えると、寝返りを打って眠れず、疲れ切ってから目をつぶる。けれど次の日起きられず、朝食をあきらめ、閉じ込められ、寮監の先生に罰せられる。

初めにこの学校へきて寄宿生になったころ、このくせのためにずいぶん悩んだ。あのころ私は、自分のひどいくせにとらわれていた。いつも学校生活の理不尽を恨み、自分のくせをかばった。洪亮吉のこんな文句を読んだことがある。「夜寝てろうそくを並べれば、それが魂を悦ばす」私は自分のくせが昔の人の意見と一致したと思い、大変喜んだ。

今、私はもう日の出とともに起き、日の入りとともに休む生活に改め、灯りはほとんど必要としない。けれど学生時代にあこがれた文句を思い出すと、やはりうっとりとなる。前に上海で、この文句の出てくる『八大家駢文鈔』を買ってきた。

宿舎で眠れずに寝返りを打っていたとき、おかしなことがあった。便所は長い廊下の両端の、階段のそばにある。だいたい十二時ごろ、うとうとしてきたとき、隣室のだれかが小便に起きたのを聞いた。死んだようにしずかな宿舎で、ドアのぎいっという音がして、あわただしく走る足音が聞こえた。「トントントントン」とだんだん遠くなり、やがて消えた。まもなくこの音がまた鳴り、だんだん近づいて、ドアのぎいっという音がして、またしずまった。いきなりわれわれの寝室で恐ろしいさけび声がした。「うわあっ、うわあっ！」「なんだ？　なんだ？」となりのベッドの者がみんなを起こし、話し声と笑いが続いた。どうやら隣室の小便からもどってきた人が、寝ぼけて部屋を間違え、われわれの寝室に入ってきて、あわてて同じ位置のベッドにもぐりこんだところ、他人の体をおさえつけ、その人を夢から覚まし、二人がびっくりしてさけんだ、というのがこの深夜の喜劇だった。われわれは動物園で飼い慣らされているとはいえ、犬のするどい嗅覚や、猫の確かな視覚は持っていないため、闇夜に自分のねぐらをまちがえたのだ。次の日の自習室で、笑い話が一つ増えた。

自習室は寝室の階下にあり、長い廊下のドアも開いていた。部屋には二十四人ずつ入り、二人用の机を向かい合わせて、四人の班ができ、一部屋に六班。六班がさいころの六みたいにならんだ。どこの部屋もそう。

毎晩七時から九時まで、四、五百人全員が自習に没頭しているとき、これが学校の宿舎だと知らない人が、長い廊下に沿った各部屋の光景を見たら、きっとさわがしい裁縫工場だと見間違えるだろう。私は最初この生活に加わったとき、まったく慣れずに、ここはほぼ裁縫工場だと感じたものだ。裁縫工場は針を動かしながら、人の話を聞いたりしゃべったりする。

私がここで勉強するには、鉛筆で耳栓するしかない。耳が痛くなくなって、それから聴覚を失えば、人の悪口や笑い話のそばでも本を読み計算ができるだろう。ときどき向かいに座る五年生が大声で『古文観止』を朗読し、同時に自分の足をひどくふるわせるも、私はその大声を聞こえないふりで、ノートにたくさん曲線やアラビア数字を書き込んでいた。

寄宿舎の中の自由の地といえば保養室だ。だから保養室はいつも人がいっぱいいる。寮監や校医がきびしく制限をかけても、保養室はやっぱり人であふれた。私もこの自由の地に入っていった。宿舎の生活は固くて窮屈で寒く、保養室の生活は柔らかくてゆったりして暖かい。保養室ではベッドや机の位置を自由に動かせ、形にはこだわらない。時間は好きにすごすことができ、チャイムに支配されない。寮監の先生は点呼せず、授業を堂々と休める。

一番うれしいのは、病人は公然と料理人に好きな食材を持ってきてもらえることで、病人食ということで自分で煮てよかった。これは病人ばかりでなく、その同郷の者や友達も付き添いとして保養室で、ゆたかなゆったりとした、暖かい夕食が楽しめる。だからわれわれは軽くとも病状の明らかな病を熱望した。発病した人は幸せだ。そうなれば、寝室のドアが開いているかにかまわず、すぐふとんを取りにいく。これこそが保養室に入る最も正当で有力な理由なのだ。しかも入ってから、病気の勢いが弱いあいだは、好きな授業は出ればいいし、嫌いな授業は堂々と休める。これこそが学生の幸福病だ!

私も保養室に入れたのは、幸運の病にかかったからだ。不幸なのはすぐ治ったこと。でも私は何日か出るのをひきのばした。出てから思ったものだ。次に病気になったら、キニーネなんか絶対飲まない。
四、五百匹の子猿の檻の中で、おかしな出し物はたくさんあった。けれどもう覚えていることをいちいちくわしくは書けない。今私は檻から飛び出して、あのころの生活を外から思い出すと、笑えてくる。でも檻にいたときは、悲しくて恐ろしかったのだ。入学して一、二か月は不愉快でふさぎ込んでいた。私は檻の猿生活に慣れず、自分の部屋が恋しかった。それ以降のことを思うと、冬休みと夏休みの二、三カ月は人間で、残りのほとんどの日々は猿だ。けれど学問のためには避けられない。こういうのが学問なのか?ずっと解けない疑問だ。
今、私が学生生活から抜け出してもう十三、四年になる。けれど昔の疑いはまだ心の中を去らない。その悲しく恐ろしい感情は、まだ再現できる。私は学生生活のことを見たり思い出したりするたびに、弓の音を聞いた鳥のように、いつもおびえてしまう。

このあいだ上海で、ある学校の教師をしている友達に会いにいき、彼の部屋へつれられて、話をした。生徒の宿舎を通るとき、寝室のドアが開いていて、たくさんベッドがならび、蚊帳がつってあって、ふとんがちゃんとたたまれていた。床にはそろった板の継ぎ目の線だけがあり、なんにも置いてなくて、まるで図書館のように、人が住んでいるように見えなかった。この寝室を通ったとき、友達がいうのだ。「見ろよ、ここの宿舎はきれいだろ！」私はあいまいにこたえた。けれど彼の言葉によって、十数年前、母のひざの前ですごした楽しい休暇から、また学校へもどるときの、あの暗い気持ちが心の中によびさまされた。

また、このあいだのように、母の葬儀が終わって、この原稿を書くため、すぐ故郷をはなれ、嘉興《ジアシン》の寺のようにしずかな住まいに帰ったみたいなものだ。

同じ船にはわが子二人と姉の息子――立達《リーダー》学園の高中科に通う周志道《ジョウジーダオ》くんが乗っていた。彼は冬休みが終わるため、祖母の葬儀のあと、われわれと船に乗っていっしょに嘉興へいき、次の日の汽車で江湾《ジアンワン》の学校へもどる準備をする。

私は船の中でとても愉快だった。なぜなら私は生涯最後の一大事を終え、今は自分でやとった船に乗って、悠々と寺のようにしずかなお気に入りの住まいに向かっているのだから。

ただ同じ船の若者は暗い心をかかえていた。気持ちをおしはかってみると、彼は今、母のひざの前で楽しくすごした休暇を終え、学校の準備をして、また悲しく恐ろしい寄宿生活を始めるのだ。

家での一日目、私はなんとか彼をなぐさめようとした。わが家での家庭生活を楽しんでもらおうと。たとえばかまどでもちを焼き、茶を煎じ、菜園で大根をぬいて、白菜を取り入れるのが、わが家では一番楽しい。ただ考えてみると、甥っ子はずっとわれわれと楽しめるわけではなく、すぐにきびしい学生生活へ向かい、私の楽しみも彼への同情でおさえられ、大して広がりもない。――ただ、彼にとって家庭生活と学校生活の気持ちは、全然ちがうのだと、私にはわかっている。けれどそれはまるで駅のそばまで散歩して、柵の外からいそがしく乗り降りする乗客をながめているようなものだ。彼らに対するゆったりとした態度は、残酷なのかもしれない。

一九三一年二月十三日嘉興にて

葉聖陶《イエションタオ》童話と私

絵は文章より人を感動させやすい、とよくいわれる。けれど私は、そうではないといつも思う。絵はただ止まった一瞬のすがたをあらわせるだけで、文章は動きの経過と内容の意味を書き出せる。しかも言葉は日ごろから使い慣れたもので、形や色より人を動かしやすい。最近私は（葉《イエ》）聖陶《ションタオ》兄の童話の挿絵を描き、さらに切実にこのことを感じた。

手紙で聖陶兄から童話の挿絵をたのまれた。それがうれしかったのは、彼の童話にはすでに縁を感じていたからだ。

去年の秋、病気だった私は、彼が『教育雑誌』で発表した『皇帝の新しい服』を読んだ。一度では足りず、もう一度読みたくなった。けれど腕の力が雑誌の重みを支えられず、くりかえし味わえるよう、この童話だけ切り取った。それからこの文章を敷布団の下に押し込んで、今でもそのままだ。

あのころ病床で読んだものに、いろいろな感想を持った。私はアンデルセンの原作『裸の王様』の子どもと、聖陶兄の作の王妃が大好きで、人間の中で子どもが最も無邪気で、最も人の本性を保っており、その次に女性が続き、大人というのはだいたいその本性を失っていると思う。

この世界を見まわしてみると、少なくない人がこの空虚な新しい服を着ているのではないか。しかも王様の新しい服がやぶられてから、国内状況がどうなるか、私はあのころ、わかる気がした。きっとこうだ。

「女たちの白いつやつやした手が王様のどす黒い胸の前で上下に揺れ動き、老人たちの灰色のひげが王様のあらわな背中をかすめた。二人の子どもが王様の肩にのぼった」とき、王様は急に思いつき、女たちの白い手をつかんで、その耳もとで小さくつぶやき、振り返ってまた老人たちに小声でなにかいい、女と老人たちはすぐ子どもを手のひらで打ち払い、みんないっせいに王様の足もとにひざまずく。

こうして王様は威厳をとりもどし、彼らはもう新しい服が見えて、二度と馬鹿でどうしようもない人にはもどらないといい、王様は彼らの罪をゆるしてやった。

兵士や大臣たちは新しい服をやぶったものがみんなすでにひざまずいているのを見て、それぞれ恐れおののき、やはりひざまずいた。……王様が宮殿にもどると、すぐにあの女たちが入ってきて、みんな王妃になり、またあの老人たちは高官となった。この者たちは金持ちになって、民衆に向かい王様の新しい服をほめたたえ、王様の権威を賞賛する。

女と老人たちももともと無邪気な民衆だったのに、豊かさは彼らを世渡り上手にした。それから……それからどうなったか、私もはっきりおぼえていない。

これは病中のつまらぬ妄想だけれど、私は聖陶兄の童話に対して、たしかにこんな縁があるのだ。だから彼に挿絵をたのまれて、私は喜んでお受けした。

私はときどき自分の気に入らない文章に挿絵を描き、そうすることによって、文章の内容を図で理解するのだけれど、かなりつまらない。今度は私の愛する文章に挿絵を描くのだから、おもしろいではないか。彼は九編の童話を次々送ってきて、私はどれもくわしく朗読し、挿絵の情景をえらんだ。ただ結果としては読むときだけ楽しく、絵を描くのはやはり、文章の内容を図で理解するためなのだ！　文章のなんの足しにもならないばかりか、かえって文章の中の変化や熱気ある光景を、形の具体化によって固定させてしまう。

たとえば王様の顔つきや、古代英雄の石像の姿勢は、私が文章を読んでいるとき、憎らしかったり、おかしかったり、かわいそうだったり、なんと変化が目覚ましいことか！　けれど挿絵のどこにそんな変化する力があるだろう。

彼のオジギソウはもともと不合理なこの世の中を、代わりに恥じてくれた。残念ながらこの草は周りにあまりなくて、絵に描くとき標本を探しても見つからなかった。オジギソウには繁殖せずに、どうやって不合理な世の中に覚悟を表明できるのか。蚕に生糸を作らせ続け、熊夫人に幼稚園の閉鎖をやめさせるにはどうすれば？　私はこれらの文章を読んだとき、オジギソウの見解に敬意を感じた。蚕の態度に感服した。熊夫人のむずかしい状況には、さらに深く同情した。私自身、教師だったので、こういうふうなのは熊夫人の幼稚園だけでないと知っており、私が教えた生徒の中にも、虎の子や豚の子、鶏の子や猿の子がいて、キリンみたいなのはとくに多い。

これらの童話を読んで、この世の中のいろいろな不合理やめちゃくちゃな状態を思い出した。私は別のもっといい世界があると信じている。その世界では、熊夫人の幼稚園はちゃんと成功して、蚕は仕事を賛美し、オジギソウはもう恥ずかしがりはしない。

けれど私の挿絵はそのような感想を表現できず、ただ死んだような状態を描いただけだ。文章のなんの足しにもならないばかりか、かえって読者の自由な想像を固定してしまう。だから私は、読書は絵を描くよりおもしろく、文章は絵より人を感動させやすいと信じる。

挿絵を描き終えてから、聖陶兄に感想を書くようたのまれたので、私はまた喜んでこの文章を書かせてもらった。

一九三一年四月二十八日

昔の話

進学の話をしようと思うのだけれど、私が学校を出てもう十五年がすぎ、教師をやめてからも一、二年で、この主題は私には遠く、ぴったりな話にはなりそうにない。しかたない、二十年前の、自分が入学した古い話をするしかなさそうだ。ただこれは過去の時代のことで、読者諸君の役には立たないだろうから、ただのお話と見なしてほしい。

私は十七歳の夏休みに、石湾《シーワン》の崇徳《ジョンドー》県立第三高等小学を卒業した。在校時にはひたすら勉強して、まじめにすべての授業に出たけれど、百点をとること以外、なんのたくらみも欲もなかった。

一番の成績でその学校を卒業したのに、私はまったくの子どもで、家や世の中のことや、自分の将来にさえ、なんの興味もなかった。

家には母と姉弟しかいない。九歳で父を亡くしてから、母が父の代わりもつとめる保護者だった。

うちには数十畝の田んぼがあり、小さな染め物屋と二、三軒の家も持っていた。普通の年の収入は、暮らしていけるだけあって、不作の年には、母は自分で店を管理し、できるかぎり節約しなければならなかった。

母は文盲で、本も新聞も読めない。だから家や店の仕事はうまかったけど、世の中の動きにはうとかった。しかも当時は清朝末期から中華民国が成立したころで、時代の変化がはげしく、母は家計にずいぶん苦心した。

例えば科挙が廃止され、学校が建てられ、服装が変わり、弁髪が切られるなどで、家庭を守るのは字の読めない母にとって、風や雲の動きを予測しにくいのと同じだ。

私の父は科挙に合格した人だった。父の本や、文具などを入れるかご、答案、通知書、そして衣冠などを、母はていねいに保存し、いつか科挙がまた行われたら、私が参考に用いられるようにした。これは母一人の希望ではなく、あのころ故郷の人はみんな学校を嫌い、皇帝が朝廷を再興し、科挙を復活させることを望んでいた。袁世凱の即位で、彼らの希望はかないかけた。それからすぐだめになったけど、希望はそのままだった。

親類には相変わらず先生の家で「四書」「五経」を習ったり、子を私塾に入れる者もいた。彼らは社会的に信望の厚い人たちだ。母は彼らの意見を聞き、普通に頼りにしていた。

それで母は私の進学問題について、少なからず悩んでいた。私を学校に入れたけれど、将来がどうにかなるのか、結局は疑っていた。

母はいつも父の早世を悲しみ、また自分が字を読めない女の身であることを残念がり、しょっちゅうこのことを私たちに話した。「字が読めないなら田んぼにいればいい!」でも私はひたすら勉強ばかりして、他はなにも知らなかった。私は当時、人はみんな父がなく母だけいると思っていた。そしてすべての母は

「字が読めないなら田んぼにいろ」というのかと。

私が高等小学を卒業したあと、母の悩みはさらに深まった。となりに住む沈蕙蓀《シェンフイスン》先生は、私の小学校の校長で、親戚でもあり、またその地で徳望のある長者だった。母は私の将来のことを彼に相談した。彼は母に今の学校制度や、学生の将来の道を説明し、そしていろいろ忠告した。

母は私に杭州で受験させることに決めた。ちょうど沈先生も自分の息子——私といっしょに卒業した沈元君《シェンユエンジュン》——に杭州で試験を受けさせるというので、母はすぐ彼へ私を託した。これが実際、私にはかなり運のいい機会だった。あのころ、私の家に杭州へつれていってくれる人などいなかった。たとえいても、受験する学校への道はわからない。

暑すぎる夏の朝、母は早起きして旅支度をととのえてくれ、糕《ガオ》（こなもち）とちまき（粽子《ゾンズー》）を食べさせ、私を沈家へ送り、沈父子と朝の船に乗せ、長安への汽車へ向かわせた。糕とちまき（糕粽《ガオゾン》）は、「高中《ガオジョン》（いい成績で合格する）」にひっかけたのだ。以前父が科挙を受験するとき、祖母がこの二種類の点心を食べさせたそうだ。

母は私の杭州第一師範への受験に、運命を託した。沈先生の話を参考に、こまかく考えて決めたのだ。母の思いは、まずあのころ故郷で学校がたくさん建ち、教師が足りておらず、師範学校を卒業すれば教師になれること。次にわが家には父も兄もおらず、私は将来家を離れられず、教師になって故郷で職を得れば、よそへいかなくてよい。三つ目に師範学校は学費が安く、卒業後も上の学校へいかなくてもよく、家計への負担が軽い。母はこういう道理をくりかえし私に話した。

けれど私の心は英語や代数にとらわれていて、この道理が母の苦心によるものだとどうしてわかるだろう。

杭州についてから、いろんな学校が並び立つのを見て、どれも私の高等小学よりずっと立派だった。本屋や図書館に本が山のように積んであるのを見て、なにより奥深いと感じた。私の知識欲は羽をひろげて飛びたがる。私はもう母の話や自分の境遇、その他すべての条件をわすれた。

ただ一つの心配は、たぶん今度の入学試験が不合格だったら、家に帰るしかないことだ。私は杭州へ受験しにきた同郷の人たちから、同時に数校を受ける方法を聞いた。このやり方はわりといいなと思い、やってみることにした。師範、中学、商業といった学校の教育方針や将来への希望は気にせず、ただ受験日がぶつからないように、同時にこの三校へ申し込んだ。

沈先生が宿屋で三校の性質を教えてくれ、えらばせようとして、母がくりかえしいったように、商業学校を卒業したらどうしてもよその銀行や会社に就職せねばならず、わが家には父も兄もいなくて、よそへはいけず、中学を卒業したら高等学校や大学へ進むことになって、わが家には金がなく、進学はまずいのだ。けれどこういう話は耳のそばを吹く風みたいなものだった。しかも三年も五年も先のことなど、私には想像もつかない。ただ一つ希望するのは、目の前の受験に落ちないことだ。杭州にきてから、私の心は晩春の柳絮のように、めぐりあわせや風向きによって飛んでいき、ちゃんとした考えなどまるでなかった。

これでは母が悩むわけだ。

私は三校を受験し、結果としてすべて受かった。中学校は八位、師範学校は三位、商業学校は一位だった。受験のとき、学校の外側だけ見て、師範学校の規模が一番大きく、私の知識欲を最も満たせそうだと感じた。私はすぐ師範学校に入った。母の意見ともたまたま合ったけれど、べつに母の苦心を理解したのでも、自分の境遇を心配したのでも、小学校教育に従事しようと決心したのでもない。

それで入学してから、私は宿舎での団体生活になじめず、学校の授業にも満足できなかった——例えば英語はＡＢＣＤから始め、数学は四則算（足し算・引き算・掛け算・割り算）から始まる——中学へ入ればよかった。これには長いこと悩まされ、ずっと学校に敵意を抱くことに。

私は知識がほしくて小学校教員を養成する師範学校へ入ったのだから、悩むのもしかたない。さいわい予科のあとは、教養学科も増えてきて、私は知識さえ得られたら満足で、子どもがあめをもらったみたいにおとなしくしていた。また高等小学のときのようにひたすら勉強して、すべての授業をまじめに受け、学期試験の成績でもしょっちゅう一位になった。休みに家へ帰って伝えると、母も喜んでくれた。毎回休みが終わって学校へもどるころ、母は糕とちまきを食べさせた。けれど糕とちまきの効果は、その後消えてしまう。三年生になってから、成績は一気に落ち、卒業のころにはだいたい二十位くらいだった。原因はこうだ。

三年生になると、授業はだんだんと教育や教授法を重視し出した。これらは私の学びたいことではない。

あのころの将来の夢は、尊敬する物知りな国語の先生のもとで古文を研究するか、理科大学に入って物理や化学を学ぶか、教会学校に入って文学を学ぶことだった。教育や教授法など、私の将来の道をはばむものだと感じていた。けれど私はついにこの学校の支配を受け、翼を失ってしまう。このとき私はまた長く悩んだ。

授業の中から教養学科は減り、教育と教授法が増えた以外にも、また新しい変化があった。図画の授業が改変され、音楽を教えていた休みがちな李叔同《リーシュートン》先生が担当になったのだ。李先生の教え方は、かなり変わっているように見えた。もともとは商務印書館の『鉛筆画帖』や『水彩画帖』を手本にしていた。李先生は本を使わずに教え、授業ではなにも持ってこなくてよかった。教室には四本足の机はなく、あるのは三本足の画架だけだ。その前には石膏製の胸像が置いてある。

われわれは手ぶらで画架の前に座り、先生は級長にしわのある紙一枚、炭一本、画びょう四個をそれぞれ配らせた（われわれの学用品はどれも学校が支給し、自分で用意はしない）。最後に先生は教卓から大皿にのったマントウを取り出し、これには驚きで、図画の授業でマントウを食べるのかと疑った。それからやっぱりマントウをみんなに配らせたけど、食べさせるのではなく、それで描いたものを消すのだと教えた。

そして先生は黒板を開き（黒板は二枚を重ねる形で、上下に動かせる。李先生はいつも授業の前に要点をすべて板書し、使わない方を隠して、また開いた）、木炭で石膏模型をスケッチする方法を教えた。私にはこの新しい図画が、とてもおもしろかった。

以前、私はひまなときに目の前のものを観察し、たとえば空の雲や壁の苔、食卓の器、他人の顔など、心をこれらの線や濃淡で満たし、なんともいえないおもむきを感じた。いつもすべての形の中には、その線と明暗の複雑な組み合わせと秩序があると思っていた。こまかな観察と研究は、すごくおもしろい。でもこのことはあまりに微小で重要性もなく、おもむきという以外、人になんの効用もない。きっと世の中には、これを追及する学問などないのだろう。

けれどあのとき私は木炭で石膏模型をスケッチして、先生の指導を聞いたあと、これって普段の目の前のものを観察するやり方じゃないか！　と急に悟った。

先生は模型をゆびさしていう。「見ろ、眉と目はつながってるんだ、わけちゃいけない。鼻は三角形をけずれ、こっちを明るく、こっちを暗く、こっちは中くらいだ。頭と顔の輪郭は丸くないぞ、不規則な多角形で、直線で書かなきゃ、でも角度はあいまいに」

これはみんな私が普段、人と会ったときに注意していたことだ。なんと世の中には、これを追及する学問があったのか！　私はひそかにおもしろがり、期せずして先生に教えられる一日だった！

これに国英数理とはちがうおもしろさを感じ、私はだんだん他の授業から離れていき、木炭画に没頭した。私の絵はしだいに上達し、同級生たちの描いたものを見渡しても、みんな私におよばないと思えた。

ある夜、私は他の用で李先生に会いにいき、帰ろうとしてから、先生がわざわざよびもどし、まじめにいった。「おまえの絵の進歩は早いな！　おれが教えた生徒の中で、こんなにすぐ上達したやつは見たことないぞ！」

李先生は当時、南京高等師範とわれわれの浙江第一師範の図画をかけもちで教えていて、また彼はわれわれが最も尊敬する先生の一人だった。私は彼のこの言葉を聞き、晩春の柳絮が急激な東風に吹かれたように、大きな感銘を受けた。

私はそれからすべての学科を切り捨て、西洋画に集中した。姉に手紙を書き、近ごろの新しい研究と興味について説明し、母に油絵の道具を買う金を送るようたのんでほしい、とおねがいした。十色以上の絵具が二十元あまり、五尺の画布が十元あまり、画箱や画架などにまた十元くらい。これは母を疑わせ、あやしませせた。師範学校でなぜ絵を学ぶのか？　沈家の息子も私と同じ学年同じクラスなのに、どうして彼はやらない？　顔料ならうちの染め物屋にもあって、どこに買う必要が？　どういうわけで画布が緞子より高いのだろう？　……私はとうとう母に、西洋画の価値や絵を学ぶ意味を説明できなかった。母はうべは私を信じ、好きに勉強させてくれる。でも彼女が心の中で、いつも私の将来を心配しているのは知っていた。

第一師範を卒業してから、やはり二つの失敗という結果が出た。まず、最後の二年はしょっちゅう休みをもらって西湖へ写生へいっていた。ほとんどまったく教育学科を勉強せず、全然付属小学校の実習を受けなかったため、師範学校生としての能力を著しく欠き、小学校教師になれなかった。

次に、西洋画は専門的な芸術で、二年間個人で練習したところで、どうせ洋画の敷居はまたげず、極められるはずがないではないか？

以前の知識欲の夢は、卒業したときにさめた。母の白髪はだんだん増えた。私はもう卒業した年に結婚してしまった。このときようやく家の暮し向きがわかり、職業について考えた。

従兄の紹介で県内の小学校の循環指導員になり、月三十元もらった。母はちゃんと就職しろというけど、いやだった。まず洋画をあきらめられないこと、次に小学校というのがよくわからず、指導力もなかったから。

私は上海で暮すことにした。そのあとのことは、すでに『中学校を出てから』に書いた。とにかく、私の青年時代に筋道などなく、心のままに動き、母の悩みを代価として支払い、母が亡くなる四、五年前には全額返済した。今思い出すと、後悔ばっかりだ！　けれど口先の言葉以外で、どうやったら過去の事実をとりもどせるだろう？

私が師範学校に入ったのは偶然で、絵を学んだのも偶然で、今に至る生涯も偶然なのだ。もし師範に入らず、李叔同先生に出会わなかったら、絵を学びはしなかった。そして夏丏尊《シアカイズン》先生に出会わなければ、文章を学ばなかった。在校時には作文は書いていない。私の文章はすべて卒業後に夏先生から学んだ。夏先生はよく私に読む本を指示して、いい文書がのっている本を教え、すごく役立った。彼は私の文章を読み、ときには眉間にしわをよせてさけんだ。「この文はめちゃくちゃだ！」「この文はこう書くもんじゃない！」

ときにはほほえみ、うなずいた。「よく書けてるぞ……」私の文章は完全に、彼のこういう言葉のもとで練習したのだ。

今私には、文章が絵よりももっとおもしろい（『葉聖陶《イエションタオ》童話と私』でその理由を説明した）。今の私の生活は、文章の生活といえる。これもまた偶然なのだ。

一九三一年四月三十日

甘い思い出

たまたまひまがあって、以前習った楽器のおさらいをしてみた。一人の友達が私の肩をたたいていう。「君らは音楽がやれてほんとに幸せだね、さびしくなっても一曲弾けば、すぐ楽しくなるんだろ！　あーあ、おれの暮しはつまらなすぎる。おれもいつか音楽を習えば、効果あるかな」

私はこの友達の言葉に同意できず、抗議したかった。けれどついになにもいわない。肩をたたいてからの言葉は、態度も口調もなかなか大変そうで、まるで彼の手の動きから私の体に影響したみたいに、拒絶や反対する気力を失った。

もし彼の言葉を認めず抗議したければ、肩をたたくよりも重い手段が必要ではないか――たとえば彼を手のひらでぶつような――そうしてやっと抗議になる。

でも必要ないだろう。肩をたたいて話すような人は、だいたい自信家で、その言葉は彼の法律であり、私が弁解したってしかたない。ただ心の中でこっそり思い、ここに自分の感想を書くだけにする。

「さびしくなっても一曲弾けばすぐ楽しくなる」とこの友達はいうけれど、本当はそうではないのだ！音楽を学んだ経験を思い出すと、つらくきびしかっただけで、楽しいなどと感じたことがない。

十六、七年前、杭州第一師範で学んだころ、一番恐ろしい授業は「楽器の復習」だった。普通の初級師範学校では、音楽の授業はそう重要ではないのに、校内には数十の楽器があって、生徒の練習用オルガンが五台、復習用のパイプオルガン一台、合唱用のグランドピアノ一台が置かれていた。

李叔同《リーシュートン》先生が毎週われわれに弾き方を教える。まず先生は最初の授業で曲を弾いてくれる。少しばかり弾き方の要点を教え、われわれは各自もどって練習する。一週間後には上手に弾いてみせねばならず、これを「楽器の復習」とよんだ。けれどこれは時間割で定められた音楽の授業ではなく、先生が決めた課外授業なのだ。だから楽器の復習は、いつも昼十二時二十分から一時までのあいだ、つまり昼食後の授業までの四十分間か、午後六時二十分から七時までのあいだ、つまり夕食後の自習時間までの四十分間に行われた。

自主練習はそれぞれ都合のいいとき、たいていは午後の休み時間か、先生が休みのときか、夜にやった。とにかく、楽器を弾くのはみんなの課外授業なのだ。けれどこれはじつのところ、正規の授業よりつらくきびしかった。私だけそう感じたのではなく、同級生すべてが楽器の復習を恐れていた。

私はその一日がくるたびに、食事ものどを通らなかった。私は十分で食べ終わって手を洗い、まずはがんばって練習し、それから心に重い石を抱えて音楽室へ入っていく。

われわれの先生——彼は食事もとっていないようだ——はすでにしずかにそこで待っていた。パイプオルガンに楽譜や音栓もちゃんと準備され、真っ白な鍵盤が、怪物のように大きく口を開け、歯をむき出しててたたずみ、待ちかまえていた。

先生は私を見て、すぐに今日おさらいするところを開き、彼はわれわれ一人一人の進み具合をしっかり把握していて、その生徒がどこを弾くかおぼえていた。

私はオルガンの前に座り、そっと息を吸ってから弾き始め、先生は近づかずに、正面から私の手は見ないで、斜め後ろに下がって立っていた。彼は近くで見られると、私がすぐあわてて失敗するとわかっているために、ちょっと離れるらしい。けれど彼の目がじっと斜め後ろから、私の手を見ているのは明らかだ。私が違う鍵盤をおさえたときだけでなく、おさえ間違えずとも指が違っていたとき、彼の頭はすばやく横にふられ、だめだというふうに目を向けたから。

先生は楽譜をゆびさし、弾きなおさせた。ちょっと間違えればそのフレーズから、ひどく間違えれば最初から。ときにはうまくやりなおせても、ときにはまた失敗し、だんだんあわてて間違いも多くなる。この復習は簡単には通過できない。

先生はおだやかだけどきびしい口調で「また次回」といい、私は立ち上がって、やはり心に重い石を抱えて音楽室を出ていき、再び苦しい練習を重ねるしかない。

先生は音楽がこんなにもきびしいものだと教えてくれた。けれど彼はこのきびしい教師生活に満足できなかったらしく、のちに僧侶になってさらにきびしい生活を送った。

同時に私も卒業し、社会で暮しを立て、もう楽器の練習をしなくなる。けれど楽器を弾くことは、ずっと心の中にきびしい印象をのこし、それからやすやすとは触れられなかった。

卒業の二年後、私は生活のための仕事から抜け出そうと、東京にやってきた。東京の音楽の雰囲気が、以前のつらくきびしい練習を、甘い思い出に変えてくれた。

私は四十五元でバイオリンを買い、三元である音楽研究会に入って習い始めた。それは真夏のことだった。毎日午後一時に、この音楽研究会の練習室へやってきて、鏡の前で練習し、五時半に帰る。この間、五十分練習して、十分休む。休み時間にとなりの氷屋でレモンのかき氷を食べ、そのあと一時間さぼる。

一週間後、左手四本のゆびさきの皮がやぶれた。最初は水ぶくれだったのが、やぶれると水が出て肉があらわになった。このぼろぼろのゆびで、細くぴんとはったスチール製のE線をおさえると、針で刺したように痛む。まるで拷問だ！

けれどバイオリンの先生は笑っていう。「これはバイオリンを習えば必ず通る難関だよ。今、皮がやぶれたままがんばって練習を続けたら、皮が固くなって、ここを通過できるのさ」彼は自分の左手を出してさわらせた。「見なよ、僕のゆびの皮は固いだろう！　最初は君みたいにやぶれたがね、すぐに突破できたよ。もし今痛いからってやめるなら、これまでの時間はむだになるけど、もうバイオリンなんてよすんだね」

私はこの先生の忠告を信じ、やっぱり毎日決めた通り、四時間半の練習に耐えた。その後確かに指の皮は固くなり、練習でまたむずかしいところへやってきた。以前李先生から学んだときに感じた、つらくきびしい感覚を、このときまた味わったのだ。けれどその味は以前と少し違う。前に私の苦しいオルガン練習を監督したのは、李先生の信仰心だった。今私の苦しいバイオリン練習を監督したのは、そのバイオリンの先生の信仰心ではなく、自分をはげます心だった。

その先生の授業時間は、音楽研究会の会長が、お金で買ったものだ。われわれだって、お金で間接的に彼の授業を買った。彼の規定は三時から五時までで、この二時間のあいだにできるだけ技術を教わることが、公平な取引といえる。しかも私のような遠くからきた外国人は、毎月三元の学費の力がたよりで、この先生から平等な教えと忠告を受けたのは、とてもありがたいことだった。

けれど彼の雄弁な忠告は、「また次回」という四字の効果には、遠く及ばなかったと思う。私の苦しいバイオリン練習は、やはり私自身をはげます心から出ており、先生の教えと忠告は知識と参考をあたえたにすぎない。

私はこの音楽研究会で四か月練習を続け、そして帰国した。そこで三冊のバイオリン教本と数曲のオペレッタのメロディを習得した。

私と同じ部屋でバイオリンを始めたのは、ひげをはやした医者と、法政学校の学生だった。けれど彼らは毎日はこないため、進歩もおそく、私が三冊目の教本を終えたとき、まだ一冊目をやっていた。彼らは先生の教え方が短くて簡単なのをいやがり、十分理解できなくて、いつも私に弾き方をたずねた。私はできる限りを伝えた。

帰国後、彼らと先生のことを夢に見る。それから、私はバイオリンの練習をやめた。けれどいつもあの医者と学生をなつかしみ、彼らのバイオリンがどこまで上達したかが気になる。今思い出すと、あのころ彼らは進歩がおそいのに、暑い夏の練習室を、私よりがまんしなかった。彼らは毎週三度しか練習にこず、一、二時間で帰った。その上練習中、バイオリンを弾くよりうちわをあおいでいた。

私はあの夏、バイオリンとはげしく奮闘し、ついにしりぞいた。あの医者と学生が今だんだん上達して、日本のバイオリニストになれたかは知らない。でも私のバイオリンにはもうほこりがつもり、指は動かなくなってきて、勝ち得たのは練習におけるつらくきびしい印象のみだ。

私は以上の経験により、音楽を奏でることは、とても厳粛な行為だと感じている。私は強敵にのぞむ態度で楽器を弾き、大軍を見る態度で人の演奏を聴く。弾いたあとや聴いたあと、興奮と疲労を感じるだけで、決して気持ちよくはならない。

だからあの友達が私の肩をたたいて話したこととは、全然違って、うなずけない。まさか私の学び方や、習った曲がよくないとでも？　けれど私は世界共通の教本によって、先生の指導に服従し、忠実に実行したのだ。まさか世の中には、べつの楽しい音楽教本や先生がいるのだろうか。この疑いは私の心の中でずっと消えない。ある日私は学校の親睦会で急に悟った。

親睦会では、一部の生徒と教師が舞台で出し物を演じ、残りの生徒と教師が楽しんだ。出し物はいろんな芝居や歌、演奏だった。どれもみんな人を笑わせるやり口だ。その場に笑い声がたえることはない。後ろの聴衆を振り返っても、みんな大口を開けて笑っている。

ここが「大世界」や「新世界」みたいな遊戯場と思えてきた。この親睦会は確かに楽しい。ここの人はなんの苦労もなく、げらげら笑っている。彼らの歌や演奏を聴くと、なにも考えずとも鼓膜が心地よい。これは私の学んだものとあまりに違い、本当に楽しい音楽だ。これを聴くのに、大軍を見る態度はいらず、酒でも飲んでおけばよい。私はここの音楽に、酒のように楽しく酔った。

そして悟ったのだ、あの友達が賞賛し、学びたがった音楽は、きっとこの酒のような音楽だ。彼は音楽を飲酒のような楽しいことと見なした。彼のいう「音楽」や「楽器を弾く」といった言葉を「酒」にかえ、例えば「君らは酒が飲めてほんとに幸せだね、さびしくなっても一杯飲めば、すぐ楽しくなるんだろ！」とすれば、私はすぐうなずける。

そういう酒はうまくても、あとでひどい気分になって、吐きたくもなる。私はあのとき味わってから、もう飲みたいとは思わない。ああいう気持ちのよい味わいは、つらくきびしい甘美な思い出には、遠く及ばない。

一九三一年五月七日

■著者紹介

豊 子愷（ほう しがい）

近代中国の代表的な漫画家・散文家・翻訳家。
1921年（大正10年）日本に短期留学した際、竹久夢二と親交をもち、大きな影響を受ける。子供をこよなく愛し子供向け文学作品を数多く執筆するほか新聞に「子愷漫画」の名でひとコマ漫画を発表し「漫画」という言葉を中国で広めた。その他にも「源氏物語」や夏目漱石の「草枕」の翻訳をしたことでも有名。

■監訳者紹介

日中翻訳学院（にっちゅうほんやくがくいん）

日本僑報社が「よりハイレベルな中国語人材の育成」を目的に、2008年9月に創設した出版翻訳プロ養成スクール。

■訳者紹介

黒金 祥一（くろがね しょういち）

1981年、京都府に生まれる。立命館大学文学部文学科中国文学専攻卒業。やまねこ翻訳クラブ会員。訳書に絵本『じいちゃんの火うちばこ』(徐魯／文・朱成梁／絵 ワールドライブラリー)、『雲のような八哥鳥』(谷力／文・郁蓉／絵 ワールドライブラリー)。中国文学のすばらしさを世に広めることが目標。

豊子愷児童文学全集 第7巻 **中学生小品**

2017年4月5日 初版第1刷発行

著　者　　豊 子愷（ほう しがい）
監訳者　　日中翻訳学院
訳　者　　黒金祥一（くろがね しょういち）
企画協力　Danica D.
発行者　　段 景子
発行所　　株式会社 日本僑報社
　　　　　〒171-0021 東京都豊島区西池袋3-17-15
　　　　　TEL03-5956-2808　FAX03-5956-2809
　　　　　info@duan.jp
　　　　　http://jp.duan.jp
　　　　　中国研究書店 http://duan.jp

2017 Printed in Japan.　ISBN 978-4-86185-191-9　C0036

豊子愷児童文学全集（全七巻）

一角札の冒険

小室あかね 訳

次から次へと人手に渡る「一角札」のボク。社会の裏側を旅してたどり着いた先は……。世界中で愛されている中国児童文学の名作。

四六判 並製　1500円＋税
ISBN 978-4-86185-190-2

少年音楽物語

藤村とも恵 訳

家族を「ドレミ」に例えると？音楽に興味を持ち始めた少年のお話を通して音楽への思いを伝える。

四六判 並製　1500円＋税
ISBN 978-4-86185-193-3

博士と幽霊

柳川悟子 訳

霊など信じなかった 博士が見た幽霊の正体とは？人間の心理描写を鋭く、ときにユーモラスに描く。

四六判 並製　1500円＋税
ISBN 978-4-86185-195-7

小さなぼくの日記

東滋子 訳

「どうして大人は…」表題作は大人たちの言動に悩む小さな男の子の物語。激動の時代に芸術を求め続けた豊子愷の魂に触れる。

四六判 並製　1500円＋税
ISBN 978-4-86185-192-6

わが子たちへ

藤村とも恵 訳

時にはやさしく子どもたちに語りかけ、時には子どもの世界を通して大人社会を風刺した、近代中国児童文学の巨匠のエッセイ集。

四六判 並製　1500円＋税
ISBN 978-4-86185-194-0

少年美術物語

舩山明音 訳

落書きだって芸術だ！ 豊かな自然、家や学校での生活、遊びの中で「美」を学んでゆく子供たちの姿を生き生きと描く。

四六判 並製　1500円＋税
ISBN 978-4-86185-232-9

中学生小品

黒金祥一 訳

子供たちを優しく見つめる彼は、思い出す。学校、先生、友達は、作家の青春に何を残しただろう。若い人へ伝える過去の記録。

四六判 並製　1500円＋税
ISBN 978-4-86185-191-9

溢れでる博愛は
子供たちの感性を豊かに育て、
やがては平和に
つながっていくことでしょう。

海老名香葉子氏推薦！
［エッセイスト、絵本作家］

日本僑報社好評既刊書籍

漫画で読む 李克強総理の仕事

チャイナデイリー 編著
本田朋子 訳

中国の李克強総理の多彩な仕事を1コマ漫画記事で伝える。英字紙チャイナデイリーのネット連載で大反響！原文併記で日本初翻訳！

A5 変型判 並製　定価 1800 円＋税
2016 年刊　ISBN 978-4-9909014-2-4

中国のあれこれ

—最新版　ビジネス中国語—　日中対訳

趙容 著

全 28 編の中国ビジネスに関する課題文を通して、中国ビジネスとそれにまつわる重要単語を学ぶ。
全文ピンイン付きで学びやすい。

四六判 121 頁並製　定価 1850 円＋税
2016 年刊　ISBN 978-4-86185-228-2

中国はなぜ「海洋大国」を目指すのか

—“新常態”時代の海洋戦略—

胡波 著
濵口城 訳

求めているのは「核心的利益」だけなのか？国際海洋法・アメリカとの関係・戦略論などさまざまな視点から冷静に分析する。

A5 版 272 頁 並製　定価 3800 円＋税
2016 年刊　ISBN978-4-9909014-1-7

必読！ 今、中国が面白い Vol.10

日中翻訳活動推進協会「而立会」訳
三潴正道 監訳

行間を読み込んでこそ人民日報は「面白い！」 日本にいながら最新中国事情がわかる人気シリーズ第 10 弾！
重要記事 60 編を厳選！

A5 判 291 頁　定価 2600 円＋税
2016 年刊　ISBN 978-4-86185-227-5

SUPER CHINA

—超大国中国の未来予測略—

胡鞍鋼 著
小森谷玲子 訳

世界の知識人が待ち望んだ話題作。アメリカ、韓国、インド、中国に続いて緊急邦訳決定！
ヒラリー・クリントン氏推薦図書。

A5 版 272 頁 並製 定価 2700 円＋税
2016 年刊　ISBN 978-4-9909014-0-0

東アジアの繊維・アパレル産業研究

康上賢淑 著

東アジアの経済成長に大きく寄与した繊維・アパレル産業。
実証的アプローチと分析で、その経済的インパクトを解明し今後を占う。

A5 判 296 頁　定価 6800 円＋税
2016 年刊　ISBN 978-4-86185-217-6

中国若者たちの生の声シリーズ⑫

訪日中国人、「爆買い」以外にできること

「おもてなし」日本へ、中国の若者からの提言

段躍中 編

過去最多となった 5190 もの応募作から上位入賞 81 作品を収録。「訪日中国人、『爆買い』以外にできること」など 3 つのテーマに込められた、中国の若者たちの「心の声」を届ける！

A5 判 260 頁　定価 2000 円＋税
2016 年刊　ISBN 978-4-86185-229-9

中国企業成長調査研究報告

—最新版—

伊志宏 主編
RCCIC 編著
森永洋花 訳

『中国企業追跡調査』のデータ分析に基づいた、現状分析と未来予測。
中国企業の「いま」と「これから」を知るにあたって、必読の一冊。

A5 判 222 頁　定価 3600 円＋税
2016 年刊　ISBN 978-4-86185-216-9

日本僑報社好評既刊書籍

永遠の隣人
人民日報に見る日本人

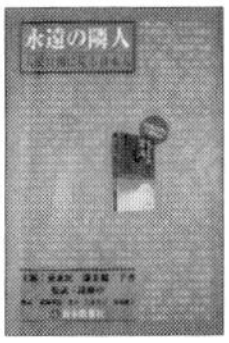

孫東民／于青 編
段躍中 監訳　横堀幸絵ほか 訳

日中国交正常化30周年を記念して、両国の交流を中国側から見つめてきた人民日報の駐日記者たちが書いた記事がこのほど、一冊の本「永遠的隣居（永遠の隣人）」にまとめられた。

A5判606頁 並製　定価4600円＋税
2002年刊　ISBN 4-931490-46-8

同じ漢字で意味が違う
日本語と中国語の落し穴
用例で身につく「日中同字異義語100」

久佐賀義光 著
王達 中国語監修

"同字異義語"を楽しく解説した人気コラムが書籍化！中国語学習者だけでなく一般の方にも。漢字への理解が深まり話題も豊富に。

四六判252頁 並製　定価1900円＋税
2015年刊　ISBN 978-4-86185-177-3

必読！今、中国が面白い Vol.10
中国が解る60編

而立会 訳
三潴正道 監訳

『人民日報』掲載記事から多角的かつ客観的に「中国の今」を紹介する人気シリーズ第10弾！　多数のメディアに取り上げられ、毎年注目を集めている人気シリーズ。

A5判291頁 並製　定価2600円＋税
2016年刊　ISBN 978-4-86185-227-5

新中国に貢献した日本人たち

中日関係史学会 編
武吉次朗 訳

続編も好評です

元副総理・故後藤田正晴氏推薦!!
埋もれていた史実が初めて発掘された。登場人物たちの高い志と壮絶な生き様は、今の時代に生きる私たちへの叱咤激励でもある。
－後藤田正晴氏推薦文より

A5判454頁並製　定価2800円＋税
2003年刊　ISBN 978-4-93149-057-4

中国式
コミュニケーションの処方箋

趙啓正／呉建民 著
村崎直美 訳

なぜ中国人ネットワークは強いのか？中国人エリートのための交流学特別講義を書籍化。
職場や家庭がうまくいく対人交流の秘訣。

四六判243頁 並製　定価1900円＋税
2015年刊　ISBN 978-4-86185-185-8

日本人には決して書けない
中国発展のメカニズム

程天権 著
中西真（日中翻訳学院）訳

名実共に世界の大国となった中国。
中国人民大学教授・程天権が中国発展のメカニズムを紹介。
中国の国づくり90年を振返る。

四六判153頁 並製　定価2500円＋税
2015年刊　ISBN 978-4-86185-143-8

新疆物語
日本図書館協会選定図書
～絵本でめぐるシルクロード～

王麒誠 著
本田朋子（日中翻訳学院）訳

異国情緒あふれるシルクロードの世界
日本ではあまり知られていない新疆の魅力がぎっしり詰まった中国のベストセラーを全ページカラー印刷で初翻訳。

A5判182頁並製　定価980円＋税
2015年刊　ISBN 978-4-86185-179-7

新疆世界文化遺産図鑑

小島康誉／王衛東 編
本田朋子（日中翻訳学院）訳

「シルクロード：長安－天山回廊の交易路網」が世界文化遺産に登録された。本書はそれらを迫力ある大型写真で収録、あわせて現地専門家が遺跡の概要などを詳細に解説している貴重な永久保存版である。

変形A4判114頁 並製　定価1800円＋税
2016年刊　ISBN 978-4-86185-209-1

日本僑報社好評既刊書籍

日中中日翻訳必携　実戦編Ⅱ

武吉次朗 著

日中翻訳学院「武吉塾」の授業内容を凝縮した「実戦編」第二弾！
脱・翻訳調を目指す訳文のコツ、ワンランク上の訳文に仕上げるコツを全 36 回の課題と訳例・講評で学ぶ。

四六判 192 頁 並製　定価 1800 円＋税
2016 年刊　ISBN 978-4-86185-211-4

現代中国カルチャーマップ
百花繚乱の新時代

日本図書館協会選定図書

孟繁華 著
脇屋克仁／松井仁子（日中翻訳学院）訳

悠久の歴史とポップカルチャーの洗礼、新旧入り混じる混沌の現代中国を文学・ドラマ・映画・ブームなどから立体的に読み解く 1 冊。

A5 判 256 頁 並製　定価 2800 円＋税
2015 年刊　ISBN 978-4-86185-201-5

- - -

中国の“穴場”めぐり

日本日中関係学会 編

宮本雄二氏、関口知宏氏推薦 !!
「ディープなネタ」がぎっしり！
定番の中国旅行に飽きた人には旅行ガイドとして、また、中国に興味のある人には中国をより深く知る読み物として楽しめる一冊。

A5 判 160 頁 並製　定価 1500 円＋税
2014 年刊　ISBN 978-4-86185-167-4

中国人の価値観
―古代から現代までの中国人を把握する―

宇文利 著
重松なほ（日中翻訳学院）訳

かつて「礼節の国」と呼ばれた中国に何が起こったのか？
伝統的価値観と現代中国の関係とは？
国際化する日本のための必須知識。

四六判 152 頁 並製　定価 1800 円＋税
2015 年刊　ISBN 978-4-86185-210-7

- - -

中国の百年目標を実現する
第 13 次五カ年計画

胡鞍鋼 著
小森谷玲子（日中翻訳学院）訳

中国政策科学における最も権威ある著名学者が、国内刊行に先立ち「第 13 次五カ年計画」の綱要に関してわかりやすく紹介した。

四六判 120 頁 並製　定価 1800 円＋税
2016 年刊　ISBN 978-4-86185-222-0

強制連行中国人
殉難労働者慰霊碑資料集

強制連行中国人殉難労働者慰霊碑資料集編集委員会 編

戦時下の日本で過酷な強制労働の犠牲となった多くの中国人がいた。強制労働の実態と市民による慰霊活動を記録した初めての一冊。

A5 判 318 頁 並製　定価 2800 円＋税
2016 年刊　ISBN 978-4-86185-207-7

- - -

和一水
―生き抜いた戦争孤児の直筆の記録―

和睦 著
康上賢淑 監訳
山下千尋／濵川郁子 訳

旧満州に取り残され孤児となった著者。
1986 年の日本帰国までの激動の半生を記した真実の書。
過酷で優しい中国の大地を描く。

四六判 303 頁 並製　定価 2400 円＋税
2015 年刊　ISBN 978-4-86185-199-5

中国出版産業
データブック　vol. 1

国家新聞出版ラジオ映画テレビ総局図書出版管理局 著
段　景子 監修
井田綾／舩山明音 訳

デジタル化・海外進出など変わりゆく中国出版業界の最新動向を網羅。
出版・メディア関係者ら必携の第一弾、日本初公開！

A5 判 248 頁並製　定価 2800 円＋税
2015 年刊　ISBN 978-4-86185-180-3

日中文化 DNA 解読

昨今の皮相な日本論、中国論とは一線を画す名著。
中国人と日本人の違いとは何なのか？
文化の根本から理解する日中の違い。

中国人と日本人の違いとは何なのか？本書では経済や政治など時代によって移り変わる表層ではなく普段は気づくことのない文化の根本部分、すなわち文化の DNA に着目しそれを解読する。政治や経済から距離をおいて両国を眺めてみれば、連綿と連なる文化の DNA が現代社会の中で様々な行為や現象に影響をあたえていることが分かる。文化学者としての客観的な視点と豊富な知識から日本人と中国人の文化を解説した本書は中国、台湾でロングセラーとなり多くの人に愛されている。昨今の皮相な日本論、中国論とは一線を画す名著。

著者　尚会鵬
訳者　谷中信一
定価　2600円＋税
ISBN　978-4-86185-225-1

学生懸賞論文集
若者が考える「日中の未来」シリーズ

若者が考える「日中の未来」Vol.1

日中間の多面的な相互理解を求めて

2014年に行った第3回宮本賞（学生懸賞論文）で、優秀賞を受賞した12本を掲載。若者が考える「日中の未来」第一弾。

監修　宮本雄二
編集　日本日中関係学会
定価　2500円＋税
ISBN　978-4-86185-186-5

若者が考える「日中の未来」Vol.2

日中経済交流の次世代構想

2015年に日本日中関係学会が募集した第4回宮本賞（日中学生懸賞論文）で、最優秀賞などを受賞した13本の論文を全文掲載。

監修　宮本雄二
編集　日本日中関係学会
定価　2800円＋税
ISBN　978-4-86185-223-7

新中国に貢献した日本人たち

友好の原点ここにあり！！

編 者	中国中日関係史学会
訳 者	武吉次朗
定 価	2800 円＋税
ISBN	978-4-93149-057-4

埋もれていた史実が初めて発掘された。日中両国の無名の人々が苦しみと喜びを共にする中で、友情を育み信頼関係を築き上げた無数の事績こそ、まさに友好の原点といえよう。登場人物たちの高い志と壮絶な生き様は、今の時代に生きる私たちへの叱咤激励でもある。

-- 故元副総理・後藤田正晴

第 11 回中国人の日本語作文コンクール受賞作品集

なんでそうなるの？
中国の若者は日本のココが理解できない

コンクール史上最多となる 4749 本の応募作のうち
上位入賞の 71 本を収録！！

一編一編の作文が未来への架け橋

今回のテーマは、「日中青年交流について——戦後 70 年目に両国の青年交流を考える」「『なんでそうなるの？』——中国の若者は日本のココが理解できない」「わたしの先生はすごい——第１回日本語教師『総選挙』ｉｎ中国」の３つで、硬軟織り交ぜた課題となった。

そのうち上位入賞作を一挙掲載した本書には、一般の日本人にはあまり知られない中国の若者たちの等身大の姿や、ユニークな「生の声」がうかがい知れる力作がそろっている。

編 者　段躍中
定 価　2000 円＋税
ISBN　978-4-86185-208-4

日本外務省、在中国日本大使館などが後援
宮本雄二元中国大使、石川好氏推薦！
※第１～10 回の受賞作品集も好評発売中

日中翻訳学院のご案内

http://fanyi.duan.jp

「信・達・雅」の実力で日中出版交流に橋を架ける

日本僑報社は2008年9月、北京オリンピックを支援する勉強会を母体に、日中の出版交流を促進するため、「日中翻訳学院」を設立した。以来、「忠実に、なめらかに、美しく」（中国語で「信・達・雅」）を目標に研鑽を積み重ねている。

「出版翻訳のプロ」を目指す人の夢を実現する場

「日中翻訳学院」は、「出版翻訳」の第一線で活躍したい人々の夢を実現する場である。「日文中訳」や「中文日訳」のコースを設け、厳選された文芸作品、学術書、ビジネス書などのオリジナル教材を使って、高度な表現力を磨き、洗練された訳文を実現する。運営母体の日本僑報社は、日中翻訳学院で実力をつけた成績優秀者に優先的に出版翻訳を依頼し、多くの書籍が刊行されてきた。

当学院の学習者と修了生には、日本僑報社の翻訳人材データバンクへの無料登録に加え、翻訳、監訳の仕事が優先的に紹介されるという特典がある。自ら出版、翻訳事業を手がける日本僑報社が設立した当学院だからこそ、「学び」が「仕事」につながるというメリットがある。

一流の講師陣、中国の翻訳界と友好関係

日中翻訳学院は、日中翻訳の第一人者である武吉次朗氏をはじめとする実績豊富な一流の講師陣がそろい、一人ひとりに対応した丁寧な指導で、着実なステップアップを図っている。メールによる的確な添削指導を行う通信講座のほか、スクーリングでは、それぞれのキャリアや得意分野を持つ他の受講生との交流や情報交換がモチベーションを向上させ、将来の仕事に生きる人脈も築かれる。

中国の翻訳界と友好関係にあり、実力養成の機会や活躍の場がますます広がっている。